Voel maar

Van Jan Brokken verschenen eerder:

De provincie
De zee van vroeger
Zaza en de president
De moordenaar van Ouagadougou
Met musici
De regenvogel
Goedenavond, mrs. Rhys
Vulkanen vanaf zee
Spiegels
*De blinde passagiers**
*De droevige kampioen**
Jungle Rudy

*Leverbaar als Pandora Pocket

Jan
Brokken

Voel maar

Uitgeverij Atlas – Amsterdam/Antwerpen

Omslagontwerp: Marjo Starink
Omslagillustratie: Jacques Henri Lartigue, *Renée à Ciboure, août 1930*, © Ministère de la Culture – France/AAJHL
Foto auteur: Bert Nienhuis

ISBN 90 450 0752 5
D/2001/0108/607
NUGI 300

Er is geen groter raadsel dan de tijd,
dat eindeloze netwerk van gisteren,
vandaag, morgen, altijd en nooit.

Jorge Luis Borges,
'There are more things'

Uiteindelijk is er geen mens die zichzelf
niet vindt, als hij terugdenkt.

Jorge Luis Borges,
'De ander'

1

Niets voorspelde dat hij een etmaal later aan boord van een schip zou stappen en het eiland zou verlaten als een voortvluchtige. Hij knoopte op die vroege vrijdagmorgen zijn toga dicht zonder één satijnen bolletje over te slaan. Even bedaard schikte hij het fluweel rond zijn broekspijpen, terwijl hij pal in het labberkoeltje bleef staan dat de ventilatoren van de raadkamer hem toewuifden.

Op weg naar de rechtszaal ving hij een glimp van zichzelf op in de weerspiegeling van een raam: waardig zoals hij daar naast de griffier liep, onmiskenbaar waardig. Bij de deur liet de griffier hem voorgaan. Hij versnelde zijn pas, maar dat was niet meer dan een gewoonte. Een rechter sloft niet.

Vanaf de publieke tribune kwam hem een ruis tegemoet. Na de aankondiging van de bode stond iedereen op, de verdachte als laatste, moeizaam leek het, onwillig bijna, alsof zijn schonkige botten het hem bemoeilijkten. Hij besloot er geen aandacht aan te besteden, greep naar de hamer, sloeg routineus op de pernambukhouten tafel en verklaarde de zitting voor geopend.

Mr. Lucas Saverijn trok zijn bef recht, liet de wijde mouwen van zijn toga even wapperen, pakte de stukken, gaf de griffier de gelegenheid de voor hem uitgestalde papieren te ordenen, wachtte tot iedereen zijn plaats weer had ingenomen en het gestommel en geschuifel in de zaal verstomde. Hij wierp een blik op de beklaagde zonder oogcontact met hem te zoeken en knikte de beide parketwachters toe, die even zwaarlijvig waren als de verdachte.

Hij nam een slok water en begon het vonnis voor te lezen. In de zinnen hoorde hij nog een vage echo van het geduldige gekras van zijn pen. Schrijvend met de hand kon hij langzamer nadenken, dus bleef hij de pen gebruiken wanneer hij zijn overwegingen formuleerde. Het gaf het redigeren van een vonnis een ambachtelijke kant waaraan hij evenzeer gehecht was als aan de Mont Blanc, die meerdere oceanen was overgestoken, in de binnenzak van zijn vader.

Na het opsommen van de strafbare feiten keek hij de zaal in. Een vrouw op de eerste rij van de publieke tribune schudde langzaam het hoofd alsof ze zich afvroeg waaraan hij zoveel woorden vuilmaakte; de beklaagde betastte zijn polsen die nog rood zagen van de handboeien die hem vlak voor de zitting waren afgenomen. Het was de tweede maal dat hij deze man moest berechten; sinds de eerste keer was zijn schedel kaler geworden en zijn onderkin kwabbiger. Een recidivist, een trouwe bajesklant, een misdadiger die om de zoveel tijd tegen de lamp liep bij een transactie. Drugs, vanzelf; bij de meeste zaken die hij behandelde veranderde hij in een apotheker die de poeder woog: zoveel gram onversneden, zoveel gram versneden, verpakt in zakjes van zoveel ons. Ditmaal ging het om in totaal vijf kilo. Tijdens de overdracht was de verdachte op heterdaad betrapt; hij had zijn pistool getrokken, het leeg geschoten en een agent in de bovenarm verwond.

Hijzelf had niet weten te ontkomen, zijn leveranciers wel. Vraag was of de verdachte in paniek had gehandeld of welbewust had gepoogd de agent uit te schakelen; de officier van justitie had het laatste overtuigend aangetoond, de raadsman van de verdachte had daar weinig tegenin kunnen brengen, waardoor de straf zwaarder zou uitvallen dan de vorige keer. Het zou de man weinig deren; over zes of zeven jaar zou hij weer tegenover hem zitten, nog ietsje kaler, nog ietsje gezetter door het gebrek aan beweging in de krap bemeten barakken van de gevangenis, maar met dezelfde norse uitdrukking op zijn donkere gezicht en dezelfde tatoeages op zijn onderarmen. En weer zou hij geduldig aan de uitspraak moeten schrijven, hopend dat de man tot inkeer zou komen.

Een ijdele hoop; op dit eiland waren drie van de vier verdachten recidivisten. Het mocht dan op een volle dag varen van het vasteland liggen, het lag wel op een smokkelroute. Van alle handel loonde de illegale het meest. De kleine misdaad groeide met de grote mee. Het eiland zuchtte onder de criminaliteit maar niet luider dan onder het staartje van een orkaan of de verwoestende sporen die de witte mieren door de huizen trokken.

Rechters werden in het voormalige moederland gerekruteerd. Met wisselend succes; posten bleven soms maanden vacant. Zijn werkdagen strekten zich tot in de avonduren uit; geen dossier kon te lang blijven liggen, anders volgde ontslag van rechtsvervolging. Het was pompen of verzuipen, en dat mocht dan manhaftig klinken, het paste niet bij zijn functie, die om geduld en bezinning vroeg.

Hij betrok vergelijkbare zaken in zijn oordeel. Hij las de zinnen langzaam voor maar niet te nadrukkelijk, luid maar zonder galm. Zíjn zinnen, geen compromissentaal, zoals in Nederland, waar de rechtbank bij een proces in Eerste Aanleg uit drie rechters bestaat en pas bij hoger beroep uit één rechter. Hier op de Antillen was het goddank andersom. In Nederland had hij dagelijks met andere rechters moeten vergaderen om gelijkgestemd aan een proces te beginnen; als hij eraan terugdacht, proefde hij de brakke smaak van lauwe koffie weer op zijn tong en hoorde hij het dreinerige *meneer de president* weer waarmee een nieuw rondje lullepotten werd ingeleid. Om ten slotte een beetje gelijk te krijgen en een beetje ongelijk.

Maar geen enkel systeem biedt louter voordelen. Hier behandelde hij de meeste zaken alleen; nooit eens kon hij de hulp van een andere rechter inroepen, nooit eens kon hij rustig achteroverleunen om zich aan het zonlicht te vergapen dat trillend de rechtszaal binnenviel en een mozaïek van lijnen trok op de achterste muur – de schaduw van de kruisvormig getimmerde latjes voor de ramen. Ook bij het opstellen van een vonnis stond hij er alleen voor; als hij fouten maakte, werden die pas in hoger beroep gecorrigeerd. Hij droeg hier onmiskenbaar de volle verantwoordelijkheid en hij wist langzamerhand wat dat inhield: een last die op je schouders bleef drukken, zelfs wanneer je op een late zondagmiddag je benen in de hangmat strekte.

Het werd heter in de zaal. De *glacial* die de vrouwen op hun handen en hun zakdoeken sprenkelden gaf de klamheid de geur van mottenballen mee. De publieke tribune zat voller dan normaal, meestal lieten zelfs de naaste familieleden van de verdachte verstek gaan. Het had hem al moeten waarschuwen: de omvangrijke vrouwen die zich uitgedost hadden alsof er iets te vieren viel, de schriele grijsaards en zelfs een meisje, op de tweede rij, schuin achter de parketwachters. Dat kind hoorde daar niet, dat kind hoorde op school.

Hij nam weer een slok water, vatte alle overwegingen samen, achtte schuld bewezen, somde de wetsartikelen op die overtreden waren en ging over tot het uitspreken van de strafmaat. Hij verwachtte dat de beklaagde het vonnis met een kort knikje zou aanhoren, gevolgd door een nurks schouderophalen. Zo was het de vorige keer ook gegaan; geen zichtbare tekenen van berouw of vertwijfeling, eerder een lichte wrevel die al gauw weggenomen werd door het besef dat deze hele poppenkast tenminste weer voorbij was.

Het tumult verraste hem dan ook als een vloek in een kerk.

Nauwelijks had hij zijn eindoordeel uitgesproken – vijf jaar en zes maanden in verzekerde bewaring met aftrek van het voorarrest – of de beklaagde deelde twee elleboogstoten uit aan zijn bewakers, sprong over tafel, stormde op hem af, stompte met de vuist de papieren uit zijn handen en bespuwde hem meerdere malen, waarbij hij telkens zijn longen volzoog om de rochel zo krachtig mogelijk doel te laten treffen.

Hij deinsde terug, hoorde tot zijn verbijstering het applaus in de zaal, wachtte tot de parketwachters de beklaagde bij de kraag hadden gegrepen, en deed nog een stap terug toen hij de dikste van de vrouwen zag. Met haar volle gewicht was ze overeind gekomen en schudde als in trance het hoofd.

Hij trok de deur van de raadkamer achter zich dicht. Met een papieren zakdoekje veegde hij het speeksel van zijn bef en van de zoom waarachter de knoopjes van zijn toga verborgen zaten. Een incident, meer was het niet geweest. Zo zou de griffier het aan de president van het hof rapporteren: als een onbezonnen actie, als een oprisping van wrok. De president zou het rapport bij het strafblad van de veroordeelde voegen, zodat de conclusies zouden meewegen bij een volgende zaak. Incident gesloten. Misschien zou een collega hem er nog over aanspreken. Wat moest hij dan zeggen? Dat er meer voor nodig was dan een beetje spuug om besmeurd te raken? Zoiets ja, om duidelijk te maken dat hij zich niet zo snel van zijn stuk liet brengen.

Hij trok het elastiek van de bef over zijn hoofd en knoopte zijn toga open. Toen hij de toga uitdeed, week de verstikkende hitte eindelijk van zijn lichaam. Hij liep naar het fonteintje naast het toilet en zag in de spiegel een klodder slijm aan zijn haren kleven. Hij stak zijn hoofd onder de kraan en spoelde met een krachtige straal de fluim uit de stekelige dos. Hij haalde diep adem, keek weer in de spiegel en schrok van de vermoeide blik in zijn ogen.

Hij was nog veel te jong om zo te kijken. Alsof alles waarvoor hij zich inspande, waarvoor hij zijn hersens twaalf of dertien of veertien uur per dag afpijnigde, volslagen zinloos was; alsof hij opgebrand was, uitgeblust, niet eens verbolgen meer, niet eens gepikeerd, nee, alsof hij zich erbij neergelegd had dat er geen dam of dijk tegen het kwaad was gewassen en dat hij zijn tijd verdeed.

Ooit was geen zaak hem te lastig geweest, ooit had zijn stem van verontwaardiging getrild wanneer hij rechteloosheid vermoedde. En nu moest hij het applaus aanhoren dat voor een boef was bestemd, alsof de grens tussen recht en onrecht veel te wazig was om haar scherp te kunnen trekken.

De boef zou in de cel zijn volgende delict voorbereiden, zijn opdrachtgevers zouden de zoveelste dreigbrief verzenden, gericht aan de bleekscheet die het in zijn arrogante kop haalde een arme sloeber de les te lezen, en zijn vrouw, of wie dat mens met haar honderd kilo ook wezen mocht, zou hem tijdens het eerstvolgende bezoekuur als een held toeknikken.

Waar diende hij nog voor?

De hele middag nam hij verhoren af, in zijn andere functie, die van rechter-commissaris. Verhoren in het Papiaments, verhoren in het Spaans. Het Nederlands mocht dan officiële taal van dit eiland zijn, als hij meer dan een half antwoord wilde krijgen, moest hij beginnen met *bon bon* of met een gedecideerd *eh bien*. Uit het gemompel dat volgde, viel meestal weinig op te maken; de verdachten gebruikten hun taal als een klankscherm waarachter ze zich verscholen. Door een ontkenning als een bevestiging te interpreteren of een uitvlucht als een bewijs, kreeg hij de verdachten altijd wel aan de praat – geen beter begin dan verontwaardiging. Maar vanmiddag verzocht hij de griffier, een man van het eiland, een landskind, de vragen te herhalen. Dat hijzelf ook een landskind was, deed er door de kleur van zijn huid minder toe, een kleur die aarzelde tussen wit en rood en in ieder geval duidelijk maakte dat hij tot de dubieuze soort der *makamba*'s behoorde. De griffier kon zich een dreigender toon permitteren doordat zijn huid bruin was, ofschoon zijn naam, Coffie, op Libanese afkomst duidde.

Hij luisterde zonder conclusies te trekken, de essentie drong niet tot hem door. Van grote zaken leidde hij nog altijd het vooronderzoek, hij had er jaren ervaring mee, die hem deze middag even weinig van pas kwam als zijn stem, waarmee hij doorgaans begrip en betrokkenheid wist te suggereren. Hij vroeg zich af of hij direct na thuiskomst nog even in zee zou duiken of dat hij tot morgenochtend zou wachten – hij zag zichzelf de lange trap al afdalen langs de rotsen voor zijn huis, de vierentwintig treden die hij meestal in een drafje nam.

De griffier herinnerde hem eraan dat hij een tolk kon inschakelen; hij maakte een afwerend gebaar en knipte de bureaulamp aan, wat hem niet op helderder gedachten bracht. Om vijf uur wenste hij meester Coffie een prettig weekend en gaf hij de voor de deur geposteerde cipiers opdracht de laatste verdachte terug te brengen naar zijn cel.

Hij belde Haime en hoorde door de draagbare telefoon de wind de auto binnenwaaien. Haime was al op weg naar de stad.

Na de eerste bedreigingen, telefonische of schriftelijke, voor zover uit de krant geknipte woorden nog aan het schrift herinneren, had Haime besloten hem iedere morgen naar het hof te brengen en hem iedere namiddag weer op te halen, in een auto met raampjes van kogelvrij glas. Vóór elke rit inspecteerde Haime het chassis, wat hem veel moeite kostte, met zijn stijve been. Telkens wanneer Lucas hem onder de auto zag schuiven, vroeg hij zich af of hij de dreigementen serieus moest nemen. Hij mocht dan rechter zijn op een droog en stoffig eiland, het heette Curaçao, niet Sicilië.

Hij vulde zijn tas met dossiers, hing de toga in de klerenkast en controleerde of het spuug geen vlekken op de zoom had achtergelaten. Hij sloot zijn kamer af, groette de receptioniste en liep de warmte in.

'Eigen schuld,' zei Haime, nog voor hij ingestapt was.

Lucas schoof op de voorbank. Het scheen veiliger te zijn als hij op de achterbank plaatsnam, maar hij kende Haime te lang en te goed om hem als zijn chauffeur te beschouwen, en het praatte makkelijker wanneer hij naast hem zat.

'Ik hoorde het van de bode. Je legt gewoon te lichte straffen op. Als je hier gerespecteerd wilt worden, moet je de knoet hanteren.'

'Zou je er ook zo over denken als het je dochter geweest was die ik veroordeeld had, of je broer, of een bekende van de familie?'

'Ho ho, shon Luc, ik bedoelde het als een geintje.'

'Weet ik. Anders had je de doodstraf bepleit.'

Onderweg luisterden ze naar het avondnieuws op de radio. Van het vonnis werd melding gemaakt, het incident heette 'een opstootje' dat rechter Saverijn 'in verlegenheid had gebracht'. Hij draaide de knop om.

'Moe?' vroeg Haime.

'Morgen kan ik uitslapen.'

Haime reed wat sneller dan normaal en claxonneerde minder vaak om tegenliggers te begroeten die hij aan de deuken in hun auto herkende.

De twaalf kilometer naar Boca San Michiel, een vissersdorp ten westen van de stad, legden ze binnen het halfuur af, over een weg die daalde en steeg en af en toe een panoramisch zicht bood op de zoutpannen en de baaien aan de rand van het eiland, een door cactussen en doornige struiken overwoekerde rots die in de laatste hitte van de dag lag te trillen.

'Ik heb *bembe* voor je klaargemaakt,' zei Fifi, toen hij de keuken binnenliep.

Hij zoende haar vluchtig op de wang, waarbij hij vermeed zijn hand op haar schouder of haar rug te leggen. Ze vond het niet prettig als hij haar aanraakte, ze veronderstelde dat hij dan onmiddellijk zou voelen hoe broos en stroef haar ledematen in de loop der jaren waren geworden.

'Bembe met wat?'

'Kabritu.'

'Lekker.'

'Het moet nog wat langer stoven. Ik had je later verwacht. Kleed je eerst maar om.'

Hij bleef zeker een halfuur onder de douche staan en waste zijn haren tweemaal, met veel shampoo. Hij trok schone kleren aan, een wit shirt en een broek waarvan de band niet knelde.

Het werd al schemerig toen hij op het terras plaatsnam en een glas wijn inschonk. Hij bladerde het avondblad door, ergerde zich aan het vetgedrukte COMMOTIE in de kop boven het rechtbankverslag, en tuurde al gauw naar de horizon, waar veel schepen lagen te wachten. Toen Ira, de oudste dochter van Fifi, hem het eten bracht, vroeg hij zich af of hij nog wel trek had.

'Smakelijk, shon Luc, smakelijk.'

Haar stem zong.

En Merel? Hoe zou Merel gereageerd hebben als hij haar over het incident had verteld?

'Zie je wel.'

Voor Merel zou het zoveelste bewijs zijn geleverd dat ze hier niet op hun plaats waren en dat ze nooit uit Amsterdam hadden moeten weggaan.

Als het een gecompliceerde zaak was geweest, zou hij het vonnis nog eens met haar doorgenomen hebben, zoals ze dat tijdens de laatste jaren van hun studie hadden gedaan. Toen plozen ze de in de *Nederlandse Jurisprudentie* afgedrukte arresten na en probeerden ze er zoveel mogelijk argumenten tegenin te brengen. Het was een spel dat ze vol overgave speelden; voor ieder argument gaf de ander een cijfer, variërend van tien tot nul. Merel won meestal, dus wanneer ze hem niet op een tegenstrijdigheid of een kromme redenering had gewezen, zou hij geweten hebben dat er weinig op het vonnis af te dingen viel. Maar voor deze zaak had hij er de jurisprudentie niet op na hoeven te slaan, alleen het Wetboek van Strafrecht en het Wetboek van Strafvordering. Welbeschouwd was het een routineklus geweest.

Hij legde mes en vork neer, nam een slok wijn.

Merel zou nagegaan zijn hoe ze zelf gereageerd zou hebben, zonder de indruk te wekken dat ze het beter had gedaan, omdat ze uit ervaring wist dat het nogal makkelijk is om achteraf het moment aan te wijzen waarop je had moeten ingrijpen. Verkeerde timing, de makke van iedere rechter die de concentratie verliest – zo'n soort conclusie zou ze getrokken hebben. En dan?

Dan zouden ze samen afgeruimd hebben en de afwas hebben gedaan. Het zou Fifi geërgerd hebben, omdat ze de keuken als haar domein beschouwde. Telkens na het opdienen van de maaltijd had Merel haar en haar dochters weggestuurd. De avonden wilde ze alleen met hem doorbrengen, niet met gasten aan tafel en nog minder met pottenkijkers in de buurt.

Zodra de wind ging liggen en de muggen toehapten, zouden ze zich in hun slaapkamer teruggetrokken hebben. Merel zou zich uitgekleed hebben, met de rug naar hem toegedraaid, maar wel voor de spiegel. Hij zou weer vastgesteld hebben hoe strak haar lichaam was gebleven; geen plooien in de huid, geen vetkwabbetjes; hij zou weer geconstateerd hebben hoe vlammend ze eigenlijk was, met haar lange sproetige lijf en de vurige gloed in haar haren. De Merel die hij op zijn twintigste had leren kennen verschilde weinig van de Merel die voor de spiegel zalf op de muggenbeten smeerde; het had hem alleen gespeten dat ze in de tropen haar haren kort had laten knippen; haar hoofd had er groter door geleken, haar nek massiever.

In bed zouden ze de zuidelijke Amerikaanse zenders hebben afgezapt, met als excuus dat ze de grote wereld niet uit het oog mochten verliezen. Moe van het straatgeweld, van de close-ups van schotwonden die niet minder scherp waren dan de foto's van het gerechtelijk laboratorium, zou Merel als eerste het licht hebben uitgeknipt. Hij zou nog een halfuurtje gelezen hebben, tot hij haar regelmatige ademhaling hoorde.

Hij wist niet meer precies wanneer hun verwijdering was begonnen. Na de late zomers die ze in Tanger en Sevilla doorgebracht hadden in ieder geval, na Siena ook... Daar, in de kale hotelkamers van het zuiden, hadden hun lijven nog aan elkaar geplakt, daar waren de nachten nog in een wiebelig bad geëindigd, waarvan het water naar hun lichaamssappen geurde. Het moest begonnen zijn toen hij aan hetzelfde gerechtshof was benoemd als zij, in Amsterdam. Ze werden daar al gauw als het ideale stel beschouwd: jong, fris, dwars, onconventioneel en soms zelfs controversieel, het hoogste dat je op je vierendertigste kunt bereiken. Maar in de beslotenheid van hun slaapkamer waren ze eerder oppassend geworden.

Merel had er nooit een woord aan vuilgemaakt; wel had hij telkens weer iets bestraffends gevoeld wanneer hij zich liet gaan. Eenmaal op het eiland was ze zich steeds duidelijker gaan verzetten; toen voelde hij dat hij zich niet moest aanstellen door de warmbloedige minnaar uit te hangen. Op het eiland nam ze de hinderlijke gewoonte aan direct na het vrijen de airco hoger te zetten, om het zweet zo snel mogelijk te laten opdrogen. Hij vond het laf van zichzelf dat hij het haar nooit verboden had, zoals hij het huichelachtig van zichzelf vond dat hij nooit had durven vragen wat haar niet zinde.

Tropenkind – dat zou het wel geweest zijn. Tropenkinderen waren wild en onbesuisd en raakten zelfs op oudere leeftijd hun kuren moeilijk kwijt. Het was alsof ze die kant van hem niet wilde kennen, alsof ze diep in hem een troebele kracht vermoedde die maar beter veilig verstopt kon blijven, die niet geprikkeld mocht worden in zijn sluimerende bestaan. Keer op keer had ze hem tot kalmte gemaand, om haar eigen onrust weg te nemen. Hij had er verkeerd op gereageerd, door zijn aandacht voor haar te verliezen en uiteindelijk ook zijn genegenheid. De laatste jaren had hij voortdurend moeten horen dat hij niet lief meer voor haar was. Aan geen woord had hij een grotere hekel gekregen dan aan dat *lief*, dat altijd snierend werd uitgesproken.

Kribbigheid vond hij net zoiets als de miezerige motregen die hij hier in de tropen voorgoed ontvlucht dacht te zijn. Moeilijk of lastig maakte hem niet uit, op voorwaarde dat er af en toe gelachen werd. Merel was altijd een sarcast geweest, maar wel een opgewekte. Tot ze, tegelijk met de verhuizing naar Curaçao, de oversteek naar de advocatuur had gewaagd. Vanaf dat moment had de hoon in haar stem een wrange ondertoon gekregen. Verdedigen vereist andere capaciteiten dan berechten. Op het advocatenkantoor moest ze vooral zaken voorbereiden, waardoor ze weinig meer in de rechtszaal kwam; ze miste het redeneren op het scherpst van de snede, de confrontatie tussen de verschillende partijen, het geduldig zagen aan de dunste poten onder de bewijslast, het listig opvoeren van de spanning. Het werk vond ze monotoon, het eiland benauwend. Ze zag wel dat hij net boven de evenaar in zijn element was, ze begreep alleen niet waardoor. Het ergerde haar dat hij iedere morgen fluitend naar zijn werk vertrok; zijzelf pufte al van de hitte voor ze in dc auto stapte.

Zo opgewekt zou hij voortaan niet meer naar het hof vertrekken. Hij besefte het toen Ira de tafel afruimde en hij in de woonkamer een cd uit het rek pakte; hij had zich die morgen in de rol van buitenstaander laten dringen zonder er luidkeels tegen te protesteren.

Misschien had Haime wel gelijk, misschien trad hij niet streng genoeg op, misschien was hij in alles te slap. Zoals Merel hem het meest kwalijk had genomen dat hij zich niet sterk had gemaakt om hun vroegere vertrouwelijkheid terug te winnen, terwijl zij haar hele veilige bestaan in Amsterdam had opgegeven om aan te tonen dat ze hem nog wel de moeite van een verhuizing waard vond, al moesten de meubelen ervoor in een container.

Inmiddels had ze zich weer met een zwartfluwelen tabbaard getooid en sprak ze weer vonnissen uit in dezelfde functie als hij, maar aan de overkant van de oceaan.

En hij luisterde naar een *tambù di pleizir* die door een naamloze was gecomponeerd, in een vlaag van melancholie, uit heimwee naar vederlicht gezwier en ongetwijfeld onder het aanzwellen van de passaat.

De muziek verzoende hem altijd weer met het eiland; de muziek, en de zee.

2

Zijn botten werden licht als kurk, zijn ledematen soepel als gummi. Geen zee was zilter dan deze, geen zee duwde je krachtiger naar boven. Een zee waarin je onmogelijk kon verdrinken.

Met regelmatige slagen zwom hij naar de kust terug. De zon klom over de oostelijke heuvels van het eiland, het rode pannendak van zijn huis lichtte op als een baken. Over het terras bogen de takken van de door de passaat gekromde indju; vanuit de verte hield hij de stam voor de rug van een oude indiaan en de takken voor diens zegenende armen. Die boom had iets heiligs, en de oorspronkelijke bewoners van het eiland vereerden hem dan ook.

Haime wenkte. De afgelopen jaren was hij steeds meer gelijkenis gaan vertonen met zijn denkbeeldige indiaan. Hij stapte onder de schaduw van de boom vandaan en zwaaide met de draagbare telefoon. Lucas vroeg zich af wie het in zijn hoofd haalde hem zo vroeg te storen; op zaterdag wachtte hij meestal tot de zon zijn slaapkamer binnen scheen voor hij opstond, maar vanmorgen was hij al om zes uur wakker geworden, met een nijd die hem het bed had uitgejaagd.

Dicht bij de kust kreeg hij gezelschap van twee pelikanen, die vlak boven zijn hoofd scheerden. De laatste meters legde hij onder water af; toen waren het papegaaivissen die met hem mee zwommen.

Hun blauw kon geen schilder weergeven, hun groen was groener dan het groenste blad.

Op de vlonder blies hij het slijm uit het mondstuk van zijn snorkel, droogde zich af en liep de lange in de rotsen gehouwen trap op naar het terras.

'De ovj.'

'Welke?'

'De hovj.'

Haime beheerste het gerechterlijke idioom langzamerhand beter dan de bode van het hof en bezigde het met de ijver van een dienstklopper.

De hoofdofficier van justitie. Weer een *atraco*, weer een moordenaar die een volledige bekentenis wilde afleggen. Hij had nooit begrepen waarom de mooiste plekken op aarde tevens de armste waren of de meest gewelddadige.

Hoe moest hij Boskaljon, de stramme, door het kwaad getergde Bernardo Boskaljon, duidelijk maken dat hij het koraal nog even op zijn netvlies wilde vasthouden?

'Zeg maar dat ik terugbel.'

Zijn blik zocht de horizon af. In de verte zette de Southern Cross koers op de havenmond.

'De rc belt terug,' snoefde Haime.

RC voor rechter-commissaris.

Hij kleedde zich aan, dronk koffie op het terras en vroeg Haime of Maduro nog open zou zijn.

'*Si si*, tot twaalf uur.'

'Kruip dan maar onder de auto.'

Als hij sterk van geest was, zou hij niet bang zijn voor bommen.

Op het reis- en passagebureau vroeg Lucas naar de oude Saul Maduro.

Als rechter-commissaris moest hij regelmatig naar Bonaire, Sint-Maarten, Saba of Sint-Eustatius; zijn arrondissement strekte zich over vijf eilanden uit. Naar de Bovenwindse Eilanden was het een kleine duizend kilometer vliegen, met een overstap voor Saba en Sint-Eustatius. De oude Maduro regelde al die reizen.

Aan de wand van zijn werkkamer prijkten de insignes van de luchtvaartmaatschappijen en de rederijen die zijn bureau vertegenwoordigde.

'Waarmee kan ik je helpen, Saverijn?'

'Ik zag de Southern Cross de haven binnenvaren.'

'Mooi schip. Gebouwd op een Engelse werf. Een drijvend museumstuk. Lang zal het niet meer op Panama varen. De lijndienst loont niet meer.'

'Wat denk je, is er nog plaats aan boord?'

'Vast wel. Meestal zit het maar voor de helft vol. Het is een joekel hoor, vijf-, zeshonderd hutten, dan kom je al gauw aan twaalfhonderd passagiers. Wil je mee?'

'Hoe lang is het varen naar Panama?'

'Zes dagen. Het schip doet Aruba aan, Cartagena de Indias, de San Blas-eilanden, Cristóbal-Colón en Panama City. Terug kun je ook mee, terug vaart het naar Maracaibo en La Guiara en van La Guiara komt het weer naar Curaçao.'

'Duur?'

'Voor jou niet. Beetje ritselen. Lukt me wel.'

'En dat op de sabbat.'

'Juist op de sabbat. Dan doen we de beste zaken, dan hebben we de zegen van de Heer. Alleen de rabbijn denkt daar anders over, maar ja, die hoeft geen bedrijf te runnen.'

Jarenlang had hij het schip eens in de veertien dagen voorbij zien varen, altijd op zaterdag, vroeg in de morgen, wanneer het de haven binnenliep, of laat in de middag, op een mijl of drie uit de kust, wanneer het koers zette op Aruba.

Als hij het met het blote oog bekeek, had het veel weg van een vrachtvaarder, door de schoorsteen die hoog boven de achterste dekken uittorende. Pas als hij de kijker pakte, veranderde het in een passagiersschip, met een grijze romp, een witte opbouw en een vloeiende welving.

Die elegante zeeg versterkte de indruk dat een ander tijdperk aan hem voorbij gleed. Hij schatte dat het schip ongeveer even oud was als hijzelf – een paar jaar boven de veertig.

Telkens wanneer hij het door de kijker observeerde, wist hij weer dat hij op de enige plek woonde waar hij thuishoorde: hoog op de rotsen van Kaap Malmeeuw, de laatste kaap die de schepen moesten ronden voor ze de haven van Curaçao binnenliepen en de eerste die ze moesten mijden wanneer ze zee kozen. Het was een plek van aankomst en vertrek, onrustig dus, mede door het voortdurende bonken van de branding tegen de rotsen. Maar hij had een volle eeuw onrust door zijn aderen stromen en als hij aan zijn vader of zijn grootvader dacht, hoorde hij namen van golven, eilanden en havensteden.

Zijn meeste vrije uren bracht hij op het terras door. Altijd was de kim gevuld met schepen. Wanneer de Southern Cross langsvoer, klapte hij zijn boek dicht of legde hij de krant opzij en vroeg zich af waarom het schip hem zo bekend voorkwam. Stond het misschien afgebeeld op een van de kleurige plaatjes die hij als acht- of negenjarige in een album plakte?

Het eerste album dat hij vol kreeg was *Op de lange deining,* honderdtachtig afbeeldingen van legendarische schepen. Aan de plaatjes kleefde nog een kerfje shag. Eén plaatje per doosje; hij bedelde bij de postbode en de melkboer die Captain Grant rookten, want zijn vader stak alleen na het eten een sigaar op, wanneer hij met de ogen gesloten naar het zachte getokkel van een gamelan luisterde en naar het luide getik van de krassen op de grammofoonplaat. De dubbele plaatjes ruilde hij op school met andere verzamelaars; het was een hele prestatie om zo'n album vol te krijgen.

Hij kon het schip ook in werkelijkheid hebben gezien, op zijn eerste zeereis, toen hij met zijn vader en zijn moeder en zijn broer naar New York voer, op een schip van de Grace Line. Of tijdens zijn tweede zeereis, aan boord van de Schouten, het vrachtschip met passagiersaccommodatie dat hem naar Europa had gebracht. Het schip hoorde in ieder geval bij die periode, bij de jaren vijftig, toen de laatste oceaanreuzen werden gebouwd, en de rankste. Voor schepen gold hetzelfde als voor huizen en gebouwen: pas tegen het einde van een tijdperk kregen ze raffinement.

Hij had Merel weleens over de plaatjes verteld toen ze pas op Kaap Malmeeuw woonden.

'O,' had ze gezegd, 'was je zo'n soort jongen.'

Hij wist niet of het te maken had met het sóórt

jongen dat hij was geweest. Als ze bedoelde dat hij ooit iets dromerigs had gehad, dan vergiste ze zich. Hij wilde een sensatie vasthouden, een verlangen, misschien zelfs wel een bepaalde angst. In wezen was zijn leven op zee begonnen, en voor een kind is de zee nog imposanter dan voor een volwassene. In zijn herinnering hadden de bootreizen die hij met de korte broek aan maakte maanden geduurd.

'En nu naar het parket,' veronderstelde Haime.

'Naar huis. Koffer pakken. Ik moet me uiterlijk om vier uur inschepen. Ik knijp er een weekje tussenuit, Haime.'

'Kan dat zomaar?'

'Eigenlijk niet. In zekere zin is het gewetenloos. Ik zadel mijn collega's met de zorgen op. Als je het gevoel hebt dat de rots onder je wankelt kun je natuurlijk wel dapper blijven staan, maar je kunt er ook vanaf stappen... Ik heb besloten het laatste te doen, en vraag me niet waarom.'

'Je bent in geen jaren meer op vakantie geweest. Zonder een verzetje houdt niemand het vol. Je weet wat ze hier zeggen: je geboorte is van gisteren, het leven voor vandaag, je dood voor morgen... Varen. Nou ja, als je dat leven noemt, vooruit.'

Het verwonderde hem dat hij op Haimes instemming mocht rekenen. Als de meeste zwarten had hij iets tegen varen, en meer in het algemeen tegen de zee, misschien omdat zijn voorouders over diezelfde zee naar het eiland waren gebracht, aan kettingen geketend. Maar hij had gelijk, sinds het vertrek van Merel had hij geen dag vakantie opgenomen, en Merel was alweer een jaar of drie weg.

Thuis deed hij het langst over het uitzoeken van de boeken. Met zijn kleren was hij snel klaar, die lagen binnen een paar minuten in zijn koffer. Hij nam verschillende boeken uit de kast, bladerde ze door en vroeg zich af of ze bij zijn stemming zouden passen. Buiten het werk om had hij nooit in zijn eentje willen reizen, bang dat het een enkele reis naar de verveling zou worden. De zee nodigde hem altijd weer uit tot mijmeren, maar de avonden zouden lang zijn, buitengaats. Hij was er plotseling niet meer zo zeker van dat hij er verstandig aan deed de wijk te nemen, want hoe ver hij ook zou gaan, hij zou zichzelf meenemen en het volle gewicht van zijn twijfel.

Haime vergezelde hem tot op de kade. 'Destijds,' zei hij, met zijn treuzelende, nasale stem, 'moest ik achter de dranghekken blijven staan. Hoe lang is dat geleden?'

'Lang. Zo lang dat ik diep moet nadenken voor ik het me herinner.'

'Ik heb er heel wat weggebracht naar de schepen. Mijn zuster, twee broers, een paar neven, jou. Meer dan naar de begraafplaats.'

'Het was even definitief. Als je toen vertrok, ging je voor altijd weg.'

'Jij kwam als enige terug.'

'Misschien had ik dat niet moeten doen.'

'Na een paar dagen zee denk je er wel weer anders over. Als je altijd maar werkt, krijg je aan iedere plek een hekel.'

Hij sloeg zijn arm om Haimes schouder en klopte hem op de rug, zoals de mannen van het eiland bij een begroeting of een afscheid deden.

‘Controleer of Fifi haar medicijnen slikt. Vanmiddag waren haar benen weer dik.’

‘Ik zal erop letten.’

‘Op vergeten staat straf.’

‘Geen rum meer, ik ken je dreigementen.’

Hij waakte over Haime en Fifi, zoals zij hem voortdurend in de gaten hadden gehouden toen hij nog een kleuter was. Er schuilt een grote rechtvaardigheid in de ommekeer der dingen: wat je geeft, krijg je op de een of andere manier terug; wat je ontvangt, wil je op de een of andere manier teruggeven.

Over de reling van het onderste dek boog een vrouw. Hij onderscheidde haar dunne armen en haar smalle gezicht met scherpe lijnen. Verder zag hij niemand aan boord. Het was alsof zij de enige passagier was, en dat maakte haar nietig, tussen zoveel staal.

Waar zou ze vandaan komen? En waarom wilde hij dat weten? Door de scherpe contouren van haar gezicht wellicht. Bij zulke gezichten vraag je je onwillekeurig af door welk klimaat en welke omstandigheden ze zijn geslepen.

Hij liep de valreep op. Bovenaan draaide hij zich om. Haime beende weg, stram en mank, en gemeten naar de snelheid waarmee hij liep, weer even dorstig als altijd. Het weerhield hem er niet van zijn hand op te steken. Eilanders, de echte althans, de stugge ploeteraars die zich tot het eiland veroordeeld weten, kennen een magische waarde toe aan het afscheid nemen: wie het nalaat, zal uiteindelijk door iedereen vergeten worden.

Lucas ging een ruimte binnen die nog het meest op de lobby van een hotel leek. De hofmeester vroeg zijn naam, zette een kruisje op de passagierslijst, heette hem welkom aan boord en ging hem voor naar zijn hut.

'Deze kant op, señor Saverijn.'

Zo herinnerde hij zich het varen: als iets wat bij een tijd hoorde die te persoonlijk was en te welgemanierd om voort te duren.

Zonder enige haast leidde de hofmeester hem naar de centrale hal, waar de wanden en steunpilaren met acajouhout waren bedekt en het daglicht binnenviel door een koepel van glas in lood. Wachtend op de lift merkte hij de vrouw weer op. Ze was geheel in het wit gekleed. Een meisje rende op haar af; ze tilde het kind op en sloot het in de armen.

3

Hij liep als laatste de valreep op, achter zijn vader, zijn moeder en zijn broer aan, die haast maakten om het afscheid te bekorten. Halverwege de loopplank draaide hij zich nog eenmaal om. Hij had verwacht dat Fifi lachen zou, want hij had haar nog nooit zien huilen, zelfs wanneer het eigenlijk hoorde. Maar hij had op tranen gehoopt. Hij draaide zich langzaam om, alsof het van dit ene moment afhing hoe hij in het vervolg aan haar zou terugdenken. Fifi greep naar haar maag, die verkrampte door het snikken. Toen voelde hij spijt.

Nooit meer zou ze hem over spinnen vertellen die hem in zijn slaap zouden bezoeken en net zolang in zijn borst zouden wroeten tot ze zijn ziel hadden gevonden; nooit meer zou hij gruwen als ze met haar bruine vingers de poten van de behoedzaam in bed kruipende monsters imiteerde. Zijn moeder vertelde hem zoetsappige sprookjes, Fifi leerde hem het echte leven: vol angst en begeerte.

Haime, haar man, die de tuin schoonhield en de auto waste, leende haar zijn zakdoek. Haime was een mooie, kalme, rijzige jongeman, precies de man die bij de tengere, beweeglijke Fifi paste.

Niemand had hem uitbundiger geleken dan Fifi; niemand had hij meer kunnen vertrouwen, zelfs zijn broer niet, die nog weleens klikte om bij zijn moeder in het gevlij te komen. Hij had Fifi om verhalen kunnen vragen, grappige verhalen die hij al talloze malen gehoord had of nieuwe verhalen die hem kippenvel bezorgden. Hij had maar naar een boom, een huis, een put hoeven te wijzen of Fifi had er gezichten bij getoverd en gruwelijke geschiedenissen. Lang voordat hij hoorde hoe kinderen precies gemaakt werden, wist hij al zo ongeveer wat een lustmoord was door de nadruk die Fifi op lust legde en het gezicht dat ze erbij trok. Hij had Fifi kunnen kietelen en knijpen, en als hij tijdens het ravotten haar borsten betastte, riep ze alleen: 'Oh, oh.' Toen zijn vader hem eens gevraagd had met wie hij zou willen trouwen, had hij zonder één seconde te aarzelen 'Fifi' genoemd. Waarna Fifi een standje van zijn moeder had gekregen – ze moest eens wat strenger tegen de kinderen optreden.

Hun hut bleek krap. Ze lieten er de handbagage achter en begaven zich aan dek. Zijn broer hees hem op de middelste spijl van de reling en drukte hem een rol serpentine in de hand. Hij volgde het voorbeeld van de andere passagiers en wierp de serpentine zo ver mogelijk weg. Tientallen slierten daalden op de kade neer, waar de uitwuivers ze oppikten. Fifi zag hij niet meer, of zij moest die grote witte zakdoek zijn die tussen twee schouders wapperde.

De trossen werden binnengehaald en het schip kwam trillend in beweging. Het verwijderde zich centimeter voor centimeter van de kade, het zocht behoedzaam het midden van het vaarwater op dat de haven met de zee verbond. De serpentinelinten spanden zich en braken, het ene wat eerder dan het ander. De symboliek ontging hem niet, ofschoon hij pas later besefte hoe goed die gekozen was: zelfs nauw aangehaalde banden konden in een ommezien breken. Een collectief gebrul steeg op, gevolgd door een gedruis aan laatste groeten, waarvan nog slechts een enkele was te verstaan. Veel *dushi*'s, en ook dat verbaasde hem: iedereen werd een lieverd wanneer hij vertrok.

Twee sleepboten draaiden bij; het schip voer langzaam vooruit, langs de op elf pontjes dobberende brug die tegen de wal was geschoven, langs het hotel Americano waar de heren op het terras het glas hieven bij wijze van vaarwel, langs de West End-bioscoop waar hij de sussende woorden van zijn vader had genegeeerd en met zijn vuisten op de stoel had gebeukt om Eddy Constantine aan te moedigen. De jongste uitwuivers holden mee, nog altijd zwaaiend, nog altijd schreeuwend, tot ze bij de vestingmuren van het riffort niet verder konden. Al gauw vielen ze niet meer van elkaar te onderscheiden en verdrongen ze zich rond de kar van de Portugese ijscoman.

Sneller ging het daarna; de eerste deining liet zich voelen, de toren van de Fortkerk werd al klein, het gouverneurspaleis verdween achter de muren van het fort. Na Kaap Malmeeuw werd het eiland een streep met nog slechts een kleine bobbel: het hoogste punt van de Christoffelberg. Hij kneep zijn ogen tot een spleet, maar kon het laatste brokje land al niet meer van de wolken onderscheiden.

Hij beleefde het afscheid opnieuw toen de Southern Cross zee koos, hij beleefde het minuut voor minuut, ook al zag hij ditmaal niemand op de kade zwaaien en hing er langs de romp van het schip geen enkel serpentinelint. Leunend over de reling werd hij weer zeven jaar oud; de stad verdween in de nevel, het eiland werd een vage streep, en toen hoorde hij alleen nog de wind en het gekrijs van de sterns die met het schip waren meegevlogen. Op hetzelfde moment hoorde hij de stem van zijn vader.

'Vanaf nu zal alles nieuw voor je zijn.'

Zijn vader sprak uit ervaring, hij was op zijn achttiende van Java naar Nederland gevaren. Voor zijn grootvader was het andersom geweest: die was op zijn zeventiende in Rotterdam op de boot naar Surabaya gestapt.

Een volle eeuw onrust. Zonder die onrust zou hij een ander geworden zijn, niet beter, niet slechter, gewoon anders.

Lang was zijn vader niet in Nederland gebleven; na zijn studie was hij bij de Shell in dienst getreden. Nigeria was zijn eerste standplaats geweest, India de volgende, Curaçao de derde.

Zijn broer was in Bombay geboren, hijzelf onder de rook van de Isla-raffinaderij op Curaçao. Van de rook was hij in de nevel terechtgekomen, aan de oevers van de Golf van Maracaibo. Dampende oevers, als hij zijn broer mocht geloven, die zich nog vagelijk de wijk herinnerde waar zij woonden en de bungalow met de brede veranda die uitkeek op de boortorens in het ondiepe water van de Golf.

Zijn vader had drie jaar in Venezuela gewerkt. Toen waren ze weer naar Curaçao teruggekeerd. Spelen onder de tamarinde of in de schaduw van een reusachtige kapokboom.

Tijdens de volgende verhuizing, aan boord van de

Schouten, temperde het licht en mocht hij van zijn moeder voor het eerst recht in de zon kijken.

'En hier kan het helemaal geen kwaad,' zei ze, toen ze in het dorp tussen de Oude en de Nieuwe Maas de hutkoffers uitpakte en de gordijnen ophing in hun tot woonhuis verbouwde boerderij.

Wanneer hij door de polders liep, zag hij geen enkel gevaar. Geen schorpioenen, geen adders, geen muskieten, geen giftige spinnen en geen zon die zo hard kon steken dat je er buikloop van kreeg. Hij zou zijn moeder nooit meer horen roepen: 'Uit de zon, hoofd onder de kraan.' De zon was als het land: waterig en flets.

Het besluit om voorgoed naar Europa terug te keren, was langzaam gerijpt bij zijn vader.

'Koloniaal zijn,' had hij zijn beide zoons uitgelegd toen ze inmiddels oud genoeg waren om een koloniaal als een verachtelijk wezen aan te merken, 'is tot daaraan toe. Maar koloniaal zijn in een voormalige kolonie is een kruis dat ik niet wilde dragen.'

Hij wilde geprezen of verketterd worden op grond van wat hij deed of zei, niet op grond van zijn huidskleur en van zijn blauwe ogen, hoe vertroebeld die ook waren door het jarenlange kininegebruik.

Het was een respectabel besluit geweest, alleen betreurde hij het iedere dag een beetje meer. Het leven in Nederland vond hij één lange koffievisite, het begon op het werk met vergaderen en het eindigde in de avonduren met zo'n verjaarspartij waarop evenveel geleuterd werd als tijdens een rondvraag. Als je hem geloofde had hij zich voor het laatst vermaakt op een begrafenis, in de kerk van Santa Famia in Otrobanda, waar de hoertjes door de jaloezieën naar binnen loerden en zachtjes sisten om de treurende mannen naar buiten te lokken, mannen die het bidden aan hun vrouwen overlieten en achter de banken heen en weer liepen om bekenden te begroeten en een blik op de straat te werpen, op de bars en de *sneks*, die bijna smachtend vroegen om de mollige mokkeltjes uit Puerto Cabello of Barranquilla op een heerlijk koel biertje te trakteren.

In het dorp behoorden ze tot de eerste importmensen. Zo werden ze door de dorpelingen genoemd: import, alsof ze een product waren. Ze hoorden er niet echt bij, zijn vader werkte niet op het land maar op het laboratorium van een raffinaderij en zijn moeder wist niet goed wat ze met het gelige vocht aan moest wanneer ze een emmer biest kreeg aangeboden. 'Tot pap laten koken,' leerde ze van de buurvrouw, maar zijn vader vond die pap van biest – de eerste melk die een koe na het kalven geeft – nog het meest naar pies smaken. 'Mens,' zei hij, wanneer zijn moeder weer eens biestepap op tafel zette, 'pleur dat vocht toch door de plee en kook weer eens iets met rijst.'

Om de afstand tot de dorpelingen te verkleinen, moesten ze van zijn moeder iedere zondagmorgen naar de kerk. Ze mochten op zondag ook niet zwemmen in de rivier of met de kano door de grienden varen. Al gauw wisten ze niet beter, zoals ze er al gauw aan gewend raakten dat hun dienstbode galmend psalmen zong wanneer ze in de bijkeuken de was stond te strijken.

De schooldag begon met gebed en iedere maandagmorgen moesten ze een uit het hoofd geleerd psalmvers opzeggen. De meeste van die verzen kende hij al, dankzij de dienstbode, die pas huiswaarts keerde wanneer ze het 'Beveel gerust Uw wegen' helemaal uitgezongen had. Op de leistenen gevel van het schoolgebouw prijkte in statige rechte letters SCHOOL MET DEN BIJBEL. Het was een ernstig dorp.

Curaçao passeerde hij dagelijks, in de gang, waar een lange foto hing van de stad en de raffinaderij. Een witte inktpijl wees de ver boven de daken uitstekende kapokboom aan, hun boom, wie er tegenwoordig ook onder speelde. Toch vermeed hij aan het eiland terug te denken, om niet net als zijn vader te worden, die zelfs in een wolkeloze hemel een regenbui vermoedde. Pas later rook Lucas de zilte passaat weer, toen hij naar de middelbare school in Rotterdam fietste en een woud van masten passeerde. De schepen die hij iedere morgen en iedere middag in de Waalhaven zag liggen, herinnerden hem aan het vertrek en aan de volstrekte leegte die erop volgde, de leegte van de zee.

Shell-kinderen blijven altijd tropenkinderen, hoorde hij de collega's van zijn vader dikwijls zeggen. Hij geloofde dat niet erg. Als student maalde hij niet om de tropen. Dostojewski, schuld, boete, daar draaide het om. Hij hoefde niet terug en als hij ergens heen wilde dan was het naar Sint-Petersburg. Het werd een gelambriseerde achterkamer met uitzicht op de Haarlemmer Hout. Kantonrechter.

In Amsterdam moest hij zich iedere morgen door een kordon van pantserwagens wurmen om bij het gerechtshof te komen. De door de krakers ontketende stadsguerrilla woedde tot in de rechtszaal voort. Woelige processen die door de voltallige pers werden gevolgd en venijnige commentaren ontlokten. Hij trok de aandacht, Merel trok de aandacht, en aandacht geeft je op zijn minst de voldoening dat je bestaat.

De rust keerde ten slotte weer en de gesprekken gingen voortaan over beleggen. Het werd hem te voorspelbaar, te bedaagd. Nog even, en hij zou een notabel zijn. Dan maar liever het ongewisse van de tropen.

Toen er een post op de balie van Curaçao vrijkwam, hoefde hij er niet lang over te dubben. Merel aarzelde, zeker ook omdat de Antilliaanse wet het haar verbood aan hetzelfde hof te werken als hij. De foto's uit zijn oudste album trokken haar over de streep. Hier, de *snoa,* de synagoge. Hier, de barkjes in de haven. Hier, de baai van Jan Thiel. Hier, ons huis in Rio Canaro. Ze solliciteerde bij een advocatenkantoor.

De eersten naar wie hij op zoek ging op het eiland waren Fifi en Haime. Het kostte hem weken om hen op te sporen, hun achternaam had hij nooit geweten en er lopen vele Fifi's en Haimes op het eiland rond.

Fifi was niet verwonderd toen ze hem terugzag. 'Van jou wist ik dat je terug zou komen.'

Ze woonden ver buiten de stad, terwijl ze vaak naar de dokter moesten en geen auto bezaten. Fifi liep krom van de reumatiek en Haime sleepte met zijn been. Ze hadden het arm, 'veel armer dan in de tijd van de Shell'.

Hij kocht een huisje voor hen naast zijn huis op Kaap Malmeeuw. Hij nam hen in dienst, tot ergernis van Merel, die geen vreemden op het erf wilde. Het was haar eerste blijk van onbegrip; niemand was hem meer vertrouwd dan Fifi, en van Haime had hij honkballen, schaken en dominoën geleerd.

Veel werk kon Fifi niet meer verzetten, maar haar beide dochters sprongen haar bij en met zijn drieën maakten ze de maaltijden klaar. Met Haime ontbeet hij iedere morgen op het terras; Haime stond al om vijf uur op, en zoals hij zelf zei, dat stijve been belette hem niet te praten. Er was wel een verschil, Haime sprak hem met 'shon Luc' aan. Een rechter, vond hij, kon je niet louter bij zijn voornaam aanspreken, ook al had je hem als kleuter gekend.

De gezichten van Fifi en Haime vertelden over tegenslagen en verbittering. Na de geboorte van hun tweede kind was Haime ervandoor gegaan en pas zeven jaar later was hij weer bij Fifi ingetrokken, toen hij niet meer werken kon door het kreupele been dat hij had overgehouden aan een nacht stevig drinken – met zijn zatte kop was Haime van een dak gegleden dat hij in de vroege morgen bedekken zou.

De oude Fifi keek grimmig. Alleen wanneer ze met haar dochters in de keuken stond te koken, hoorde hij haar nog weleens lachen als destijds, even hoog, even kirrend, even meisjesachtig. Dan begreep hij weer waarom hij naar het eiland was teruggekeerd, want zodra die lach wegstierf, hoorde hij: 'Beveel gerust Uw wegen.'

4

Haar pas was snel en verend, haar blik schichtig en diffuus. En weer vroeg Lucas zich af waar de vrouw met het smalle gezicht vandaan zou komen. Ze droeg een lichtgrijze joggingbroek, een sweater in dezelfde kleur en gymschoenen met dikke zolen. Vanuit zijn ooghoeken volgde hij haar tot aan de klapdeuren van de eetzaal: onder haar opgestoken haren bungelde een capuchon alsof ze werkelijk het flauwste koeltje op de dekken vreesde. Het zuiden ongetwijfeld, maar hoe ver uit het zuiden? De massief houten deuren sloegen achter haar dicht.

De meeste tafels waren al afgeruimd. Hij moest nog wennen aan de strakke dagindeling die regel is op schepen; met zijn herinnering als enige metgezel was hij lang naar het eiland blijven turen vanaf het promenadedek. Op het moment dat hij Kaap Malmeeuw zag oprijzen, het dak van zijn huis als herkenningspunt, had hij in alle gangboorden een toeter horen overgaan. Hoewel hij honger begon te krijgen, had hij het gezoem niet met de avondmaaltijd geassocieerd: op de Schouten en ook op de Santa Maria werd voor iedere maaltijd de scheepsbel geluid.

Na het invallen van de nacht had hij de eetzaal opgezocht. Bij de grote ronde tafel, waarop vorken en messen lagen uitgestald rond een boeket van rode en witte gladiolen, passeerde ze hem. Hij was er niet helemaal zeker van of zij dezelfde vrouw was die hij over de reling had zien buigen; haar lengte bracht hem aan het twijfelen. Vanaf de kade had ze kleiner geleken.

Hij schoot de hofmeester aan. Op Panamese schepen, pochte de man met gespeelde minzaamheid, was aan alles een mouw te passen. Voortaan moest hij om uiterlijk halfzeven in de eetzaal verschijnen, als hij de soep tenminste niet wilde missen. Maar voor deze keer kon hij zich aan de tafel van de tweede stuurman scharen, die net de platvoetwacht had gelopen en op zijn maal wachtte.

'Portugees,' zei de stuurman, nog voor hij zijn naam noemde, 'als de meeste officieren op de brug.'

Hij miste de stugheid die je van zeelieden verwacht, stak meteen van wal en vertelde over het schip zoals mannen van het land over hun vrouw vertellen. Hij voer al lang voor de Panamese rederij, sprak vloeiend Spaans, en had het dus over zíj wanneer hij *la nave* bedoelde. Zíj was op een Engelse werf gebouwd en speciaal ontworpen om landverhuizers naar Australië en Nieuw-Zeeland te brengen. Een extreem lange reis waarop het stampen van de motoren gaandeweg een kwelling kon worden. Om de geluidsoverlast tot een minimum te beperken waren háár machinekamer en háár schoorsteen zo ver mogelijk naar achteren geschoven en het merendeel van de hutten zo ver mogelijk naar voren. Het resultaat was boven verwachting geweest en in de daaropvolgende jaren hadden vrijwel alle passagiersschepen de pijp achterop gekregen.

Haar inaugurele reis had de Southern Cross in 1955 gemaakt, een reis rond de wereld, van Southampton naar Southampton – zo ging dat in die tijd, ook schepen hadden recht op een paar wittebroodsweken. Het jaar daarop had het door de sluiting van het Suezkanaal nog niet direct in lijndienst op Australië en Nieuw-Zeeland kunnen varen; om de zeshonderd bemanningsleden aan het werk te houden was het nogmaals rond de wereld gecirkeld, via New York.

'Toen,' zei Lucas, 'zal ik het voor het eerst hebben gezien. In juli 1956 liep de Santa Maria van de Grace Line de haven van New York binnen. Mijn vader moest naar een congres en wilde ons niet de hele vakantie alleen op het eiland achterlaten. Het was tien dagen varen vanuit Curaçao. We bleven twintig dagen in New York, zodat we weer met hetzelfde schip mee terug konden.'

'Struise tante, die Santa Maria,' zei de stuurman. 'Bleef lang in lijndienst varen, tot ze het treurige lot van deze oude juffrouw deelde en een facelift kreeg.'

'Smaken veranderen.'

'Mentaliteiten vooral. Dit schip telde oorspronkelijk slechts één klasse. De geest van de jaren vijftig: met zijn allen de schouders eronder. Een comfortabele schuit, maar het was gedeeld comfort. De Panamese reder, die het schip in 1973 kocht, wilde daar niets van weten. Bij de verbouwing werden de hutten naar boven toe vergroot, zodat er weer drie klassen ontstonden zoals vroeger, toen de rijken de armen niet konden ruiken.'

Bij het ontwaken miste hij de deining. Het schip lag al afgemeerd aan de kade van Aruba.

Hij ontbeet met twee Venezolaanse handelsreizigers die uitrekenden hoeveel ze op de artikelen konden verdienen die aan boord belastingvrij werden verkocht, met een priester en een antropoloog die beiden naar de San Blas-eilanden terugkeerden, de een om de indianen tot het christendom te bekeren en de ander om de indianen voor onbetamelijke westerse invloeden te behoeden, met een pasgetrouwd stel dat in Cartagena de Indias aan de huwelijksreis zou beginnen en met een joods echtpaar dat op weg was naar verwanten in Panama. Hij reisde onmiskenbaar, en hij moest eraan wennen. In gedachten vertoefde hij nog aan het hof en verwachtte hij ieder moment een telefoontje over een zaak die dreigde te escaleren. Hij betastte de kraag van zijn poloshirt alsof het de bef van zijn toga was en knikte de priester toe, omdat hij als enige van zijn tafelgenoten zou begrijpen hoe anders je je voelde wanneer je zo'n soutane had aangetrokken, hoeveel waardiger en hoeveel feilbaarder tegelijk, want met zo'n kleed aan mocht je nooit uit je rol vallen.

Hij ging aan land en belde vanuit een telefooncel met de hoofdofficier van justitie.

'Lang moeten wachten op je telefoontje, rc. Het gaat om de zaak Zouzoukie P.'

'Ik ben op weg naar Panama.'

Het bleef lang stil aan de andere kant van de lijn.

'Toch niet vanwege dat relletje? Luister, Saverijn, de meeste rechters die ik meegemaakt heb waren eikels. Hollandse watjes, nederdijkse kommaneukers. Met jou is het anders, jij bent even weerbarstig als de rotsen van de noordkust.'

'Daar brokkelt ook geregeld een stuk vanaf.'

'Panama. Daar zijn we samen geweest. Hoe heette die ovj ook alweer?'

'María Laura Sosa.'

'Best mens. Doe haar de groeten.'

'Ik ga niet op onderzoek uit, Boskaljon. De bedoeling is dat ik het werk even vergeet.'

'Jij vaart en wij zitten op een zinkend schip. Hoe kan ik de boel drijvende houden wanneer de rc zich niet meer aan dek vertoont. Als ik de pest aan je had, zou ik een sos uitzenden aan de pers. Ik kreeg een dag of tien geleden een tip van het MOT. Weer de witte was en weer Panama. Misschien moet je die Sosa nog maar eens opzoeken – dan lijkt het tenminste nog een beetje of je op missie bent.'

Om dezelfde reden waren ze vier jaar eerder naar Panama afgereisd, met de door het Meldpunt Ongebruikelijke Transacties onderschepte bankoverschrijvingen in de tas en een verzoek om rechtshulp aan het Panamese openbaar ministerie. Maar toen hadden ze het vliegtuig genomen, via Miami.

'Ik denk dat ik me voorlopig even op de zee concentreer, Boskaljon. En op het kanaal. Dat heb ik altijd al willen zien.'

'Hmm, Panama. Het land beviel me niet. Voor zover oerwoud land is: onder zoveel groen blijft de bodem een vermoeden. Ik vond het er zompig en klam. Maar goed, hier brak het zweet je ook uit. Het koude zweet, wel te verstaan. Blijf niet te lang weg. Vreet je ongans, laat je vollopen en beklim bij terugkeer de Christoffelberg. Dan ben je weer een man van het eiland.'

Vervolgens belde hij met de president van de rechtbank.

'De komende week heb ik geen zittingen, dus de boel loopt niet in het honderd. Wel veel afspraken.

Laat die afzeggen door het secretariaat.'

'Ziekteverlof?'

'Welnee. Ik heb nog vijftien weken vakantie te goed.'

'Ik word niet graag voor een fait accompli gesteld en zeker niet op mijn vrije zondag.'

Fait accompli! Boskaljon had gelijk; watjes, kommaneukers, met een droogkloot als president. Ziekteverlof! Voor Nederlanders moest je zielig wezen; dan wilden ze je nog wel tegemoet komen. Aai over de bol, zoiets.

'Ik meld me zodra ik terugben. Dan kun je me mijn ontslag aanbieden, als je wilt.'

'Vanwege je staat van dienst zal ik het niet zo hoog spelen. Het is onverstandig wat je doet. Oncollegiaal.'

'Met alle respect, president, rechters zijn geen machines. En zelfs wanneer ze dat wel zijn, valt er weleens eentje uit.'

'Ik meld je toch maar gewoon ziek. Lijkt me beter tegenover je collega's.'

'Goed, ik ril van de koorts en smeek om een dokter.'

Met grote grimmige passen liep hij naar het schip terug. Hij had zijn werk altijd als een lange oefening in redelijkheid opgevat. Alles valt te leren, ook het bedwingen van irritaties, maar ondanks zijn inspanningen was hij er kennelijk toch niet in geslaagd de stoïcijnse gelatenheid te bereiken. Er kriebelde iets in zijn binnenste, en hij wist niet waar dat precies aan lag. Misschien was hij zichzelf de afgelopen jaren wel te vaak vergeten. Of klonk dat te veel als een excuus? Hij moest zichzelf weer in het gareel krijgen, anders zou hij even gewetenloos worden als al degenen die hij in de loop der jaren veroordeeld had.

Toen de Southern Cross tegen de avond zee koos, nodigde de tweede stuurman hem op de brug. Officieren in onberispelijk witte uniformen bedienden instrumenten waarvan het koper glom. Het hout was al even hard gewreven en geboend, de deuren van de kasten glommen als spiegels.

In de diepte gleed het eiland weg. Vanaf de brug van een schip dat twintigduizend ton verplaatst is het land per definitie nietig: alleen de zee maakt dan nog indruk. De zon zakte achter de einder weg en onder de vlammende hemel leek de enorme plas die zich voor hen uitstrekte het begin van de eeuwigheid.

'Een mooie uitvaart,' constateerde de stuurman, en hij preciseerde: 'Schokloos.'

De hofmeester plaatste hem die avond aan een lange tafel, tussen Amerikanen die informatie uitwisselden over gelijksoortige schepen die nog in lijndienst op de Falklands voeren en op de kleinste nederzettingen van Vuurland. Hij verzette zich tegen afgunst maar vroeg zich niettemin af waarom hij de beste jaren van zijn leven had verknoeid. Een atlas hoorde zijn agenda te zijn en een plaatsnaam zijn enige afspraak.

Zijn blik gleed de zaal door; het schip mocht dan niet tot op de laatste hut zijn volgeboekt, hij schatte het aantal passagiers op enkele honderden. Op de Schouten was het allemaal veel knusser geweest, maar goed, je kon een vrachtschip dat aan maximaal negentig passagiers accommodatie bood niet met een landverhuizersschuit vergelijken. De Santa Maria telde verschillende eetzalen, een grote, ruime, luxueuze voor de eerste klasse, en twee andere, die hij slechts in het voorbijgaan had gezien.

Hij kroop vroeg in bed en probeerde de beelden terug te halen die hij zich van zijn reis naar New York herinnerde. Het waren er niet veel en van de meeste vroeg hij zich af of ze niet uit de aardrijkskundeboeken kwamen of uit de fotoalbums die zijn moeder in het onderste kastje van het dressoir bewaarde. Herinneringen zijn vaak stemmingen die je pas later een decor geeft. Alleen van liefde en rouw blijven je de details bij, omdat je nooit vergeet hoe weerloos je op die momenten was.

'Wat herinnert u zich nu precies?' behoorde tot zijn standaardvragen in de rechtszaal.

Vaak bleef het dan stil.

New York. Gebouwen die zo hoog waren dat hij nekkramp kreeg van het naar boven kijken. Of had zijn broer hem dat later verteld? Zoveel auto's dat ze de straten verstopten. Korte kades die haaks op een lange avenue stonden. Aan iedere kade meerdere schepen, waaronder de gloednieuwe Southern Cross.

'Raar schip,' zal zijn vader gezegd hebben.

Zijn vader miste op ieder schip de dekzeilen van de mailboten die de verbinding tussen de havens van Java onderhielden. Zoals voor hemzelf de Santa Maria en de Schouten maatstaf waren gebleven. De waarde die je aan dingen toekent, stel je kennelijk al op jonge leeftijd vast. Alles van later is minder.

5

De volgende middag at Lucas aan een ronde tafel, dicht bij de patrijspoorten, die hij met de familie Obrizki deelde.

Hem hield hij voor een late dertiger, zij moest enkele jaren jonger zijn. Van hun dochters kreeg hij de exacte leeftijden wel te horen: veertien, elf en acht jaar.

Het oudste meisje was verreweg het mooist, het jongste trok de meeste aandacht door haar lange gitzwarte haren die als een sjerp over haar Bretonse schipperstrui vielen.

Lucas had nadrukkelijk om een tafel aan de zijkant van de eetzaal gevraagd, zodat hij af en toe een blik naar buiten kon werpen. Toen de hofmeester de ronde tafel passeerde, had hij gezegd: 'Doe deze maar.' De hofmeester had hem aan de volgende tafel willen plaatsen, maar Lucas had een afwerend gebaar gemaakt. 'O nee, niet weer bij die Amerikanen.'

De Obrizki's waren in La Guiara aan boord gegaan, na een volle week huizen kijken in de grote en de kleinere steden van Venezuela. Huizen, wijken, scholen, tennisbanen, zwembaden en balletstudio's; aan alles moest gedacht worden wanneer je met z'n vijven wilde verhuizen. In ieder geval waren ze vast van plan om Panama te verlaten, dat ze destijds als een tussenstation hadden aangedaan en waar ze veel te lang waren blijven hangen. Voor de terugreis hadden ze het schip gekozen, om de opgedane indrukken te laten bezinken, want ze moesten nog eens bij zichzelf nagaan of Venezuela inderdaad het land was dat bij hen paste.

Varen maakt rustig, vond mevrouw Obrizki. Zeker op een schip als dit, vond haar man. Gewoon een schip dat de verbinding tussen verscheidene havensteden en eilanden onderhield, als een trein die grote afstanden aflegt om reizigers te vervoeren en niet om ze te vermaken.

Het accent van de Obrizki's kon Lucas niet direct thuisbrengen. Het was een soort Spaans dat siste doordat ze de z als een scherpe s uitspraken. Toen hij ernaar vroeg, veegde mevrouw Obrizki met het servet haar lippen af en gaf haar man antwoord.

'Daar.'

Hij wees met zijn duim over zijn schouder.

Om verdere vragen te voorkomen, voegde hij er met een vastberaden knikje aan toe: 'Maar dat is voorbij.'

De Obrizki's moesten hun land ooit verlaten hebben met het vaste voornemen er nooit meer terug te keren, net zoals hun voorouders. Van zijn kant zouden dat wel Polen of Russen geweest zijn, van de hare Spanjaarden of Italianen. Ook de Obrizki's hadden een eeuw rusteloosheid door hun aderen stromen, en misschien nog wel meer dan een eeuw. Hij voelde direct een zekere verwantschap, hoewel zij meer de indruk wekten dat ze op drift waren geraakt en geen hooggespannen verwachtingen koesterden over de kust waarop ze uiteindelijk zouden stranden.

Tijdens de maaltijd nam mevrouw Obrizki hem

slechts terloops op. Omdat ze haar hoofd telkens schuw wegdraaide, durfde hij zijn blik niet al te lang op haar te laten rusten. Het maakte haar zichtbaar nerveus. Maar één ding was zeker: zij was de vrouw geweest die hij vlak voor het vertrek op een van de onderste dekken aan de reling had zien staan.

Hij glimlachte haar toe, als blijk van herkenning. Het maakte haar nog nerveuzer.

Hij vond het dan ook vreemd dat zij later die middag naast hem kwam zitten toen hij na de sloepenrol op een ligstoel bij het zwembad had plaatsgenomen.

'Stoor ik u?'

Ze trok haar badjas uit en legde die als een handdoek op de stoel.

'O nee,' zei hij, en klapte het boek dicht waarin hij zat te lezen.

'Borges,' zei ze na een blik op de kaft.

Eerst zag hij een lichte verwondering op haar gezicht; toen trok ze haar neus op.

'Te conservatief?'

'O nee, de politiek heb ik al heel lang afgezworen. Te ongenaakbaar.'

Hij kon zich voorstellen dat ze zich daaraan stoorde. Voor hem had Borges de visie van een superieure magistraat die op zijn best was wanneer hij duistere zaken tegen het licht hield. Juist daarom had hij zijn verzamelde essays meegenomen: in de hoop dat Borges hem weer even lucide naar het menselijke gekrakeel zou laten kijken als hij vóór de troebelen aan het hof had gedaan. De Argentijn formuleerde exact, zonder enige overdrijving en zonder enig pathos, als een rechter die wikt en weegt voordat hij vonnist.

'Te streng?'

'Te kil. Hij geeft zijn ziel nooit bloot.'

'Moet dat dan?'

'Niet om iemand te waarderen, wel om van iemand te houden.'

'Het een kan in het ander overgaan.'

'Lijkt me moeilijk. Waarderen doe je met je verstand. In het andere geval slaat er een vonk over.'

Hij kwam half overeind, verbaasd over haar stelligheid, en zij richtte zich ook op, maar om een andere reden. Haar jongste dochter was in het diepste gedeelte van het zwembad gesprongen en hinderde andere zwemmers door wild met haar beide armen in het water te slaan. Mevrouw Obrizki riep haar een vermaning toe, die haar slechts even tot bedaren bracht. Monica eiste haar moeders aandacht op, en omdat ze die niet goedschiks kreeg probeerde ze het kwaadschiks. Ze trappelde met haar benen en dwong andere zwemmers uit te wijken. Voor mevrouw Obrizki zat er weinig anders op dan zelf in het zwembad af te dalen, wat ze na een diepe zucht deed.

Lange benen, constateerde hij toen ze op de middelste trede van de trap even bleef staan om hem een verontschuldigende glimlach toe te werpen.

Lange benen, slanke taille, smalle schouders.

Ze kalmeerde haar dochter, zwom een stukje met haar op en duwde haar het water uit.

Na het zwemmen bedelde Monica om ijs en weer vond mevrouw Obrizki het nodig om zich te excuseren.

'Kinderen laten je nooit met rust. En meisjes al helemaal niet.'

Ze droogde zich af en drapeerde de handdoek om haar hoofd. Het viel hem opnieuw op hoe smal haar gezicht was, smaller nog dan dat van haar jongste dochter. Toch had het door de markante trekken niets meisjesachtigs. Het was getekend, en ongetwijfeld door gebeurtenissen waarop ze, zoals zoveel ballingen, weinig grip had gehad.

Nadat ze haar badjas had aangetrokken, vroeg ze: 'U eet vanavond toch bij ons aan tafel?'

Hij maakte een afwerend gebaar.

'Ik ben geen prettig gezelschap. Ik droom. Of erger nog: ik droom weg.'

'Komt door de deining. Het constante wiegen maakt je soezelig en dan dwalen je gedachten vanzelf af.'

'Het komt door dit schip. Ik heb het lang geleden voor het eerst gezien. Toen was u misschien nog niet eens geboren.'

Ze fronste haar wenkbrauwen, alsof hij op een slinkse manier naar haar leeftijd informeerde.

'Wanneer was dat?'

'Juli 1956.'

'Nee, toen moest ik nog gemaakt worden.'

Hij keek haar voor het eerst recht in de ogen. Donkere ogen die bij een eerste contact weinig wilden prijsgeven, of het moest een lichte spot zijn. Bijna zwarte ogen, even zwart als de wimpers die ze neersloeg om zijn blik te ontwijken.

Tijdens de avondmaaltijd draaide mevrouw Obrizki weer onrustig op haar stoel, maar dat weet Lucas eerder aan de korzelige toon die haar man aansloeg dan aan de enkele keer waarop hij het hoofd in haar richting draaide.

'Hoe lang woont u al op Curaçao?' vroeg meneer Obrizki.

'Vijf jaar. De vroegere jaren niet meegerekend. Anders zijn het er elf.'

'Ik zou me opgesloten voelen op zo'n klein eiland.'

'Het is Caraïbisch maar ligt zo dicht bij Zuid-Amerika dat je op bepaalde dagen de uitlopers van de Andes met het blote oog kunt zien. De meeste Curaçaoënaars stammen uit Afrika en ze moeten zich aan wetten onderwerpen die door Nederlanders zijn opgesteld. Alles wringt er, alles knarst er, waardoor iedereen zich permanent afvraagt wat hij er doet. De wind voert stof aan uit de Sahara, het water smijt boomstammen uit de Orinoco op de kust. Ik houd van zulke plekken.'

'Het zou niks voor mij zijn. Klein. Klein.'

'U bedoelt de afstanden. Die zijn gering. Maar het ene moment ben ik aan de oevers van de Congo, het andere op de kades van Amsterdam, het volgende aan de kust van Madeira. Ik kan ook teruggaan in de tijd, sefardisch horen praten dat nauwelijks verschilt van het sefardisch dat Spinoza sprak, of het Frans herkennen in de woorden die de hugenoten hebben meegebracht. De afscheidsgroet op het eiland is *ajo*, een verbastering van *adieu*.'

'Een vrijplaats,' probeerde zij, met iets van aanmoediging in haar stem.

'De hele wereld op een kluitje. Maar wel onder een tropische zon.'

'Vertel mij wat over die zon. Alles wordt er broeierig en plakkerig onder.'

'Heftiger. Flamboyanter. Jawel.'

'Stinkender. Zieker.'

'U heeft het over Panama.'

'Kent u dat land dan?'

'Enigszins. Net voldoende om uw weerzin te begrijpen.'

'Het is toch overal hetzelfde in de tropen. De stank en de smerigheid van een open riool. U hoort beter te weten, u komt uit een proper land. Of heb ik een te hoge dunk van Nederland?'

'Ik kom uit een tropenfamilie. Zoals zoveel Nederlanders.'

'Nooit het gevoel dat u er niet thuishoort?'

'Je hoort thuis waar je je goed voelt.'

'En waar je geaccepteerd wordt.'

'Misschien ben ik een buitenstaander. Maar dat was ik in Nederland ook.'

'Niet op grond van uw hoedanigheid of van de taal die u spreekt of van uw manier van denken.'

'Verhoudingsgewijs wonen er op Curaçao dubbel zoveel blanken als vóór de autonomie. In de vijfsterrenhotels struikel je over de adviseurs. Zo is het in de meeste vroegere kolonies, zeker in de kleinere. Er heerst een grote angst voor zelfstandigheid. In veel van die landen kunnen ze wel op eigen benen staan, maar durven ze het niet. Het kolonialisme was een doortrapt systeem, het maakte hele volken afhankelijk, en niet alleen economisch, vooral psychologisch. Waardoor het postkolonialisme veel beter met Freud valt te verklaren dan met de rapporten van de Wereldbank. Het gaat om complexen die diep in het onderbewuste zitten. De wraak op de vader heeft het verlangen naar een vader niet gedood. Integendeel.'

'Maar waarom een dergelijke rol vervullen als je weet hoe hartgrondig dic vadcr wordt gehaat?'

'U bedoelt dat ik mezelf veel moeilijkheden op de hals haal.'

'Ik vraag me af of het niet ziek is om vrijwillig in ballingschap te gaan.'

'Hugo.'

Ze sprak zijn naam uit alsof ze van de schrik hikte.

'Zo heet ik, en zo moet u me ook maar noemen. U draait er niet omheen, ik meestal wel, maar ditmaal niet. Het komt door al die huizen. Of ze nu in Valencia, in Mérida of in Coro stonden, bij ieder huis vroeg ik me af: "Is dit mijn plaats?" Ik weet niet hoe het met u is, maar ik kom mezelf niet graag tegen.'

De ober zette het hoofdgerecht voor hem neer. Hij begon te eten, met duidelijke trek en volslagen kalm. Hij moest iemand zijn die altijd kalm bleef. Juist dat irriteerde zijn vrouw; hij bleef koeltjes glimlachen. Het enige wat die glimlach deed verstarren was het gejengel van zijn dochters. Victorina was de leeftijd van de demonstratieve opstandigheid genaderd, Eleonora sloeg een huilerig toontje aan als ze haar zin niet kreeg en ook de jongste snikte regelmatig in de schoot van haar moeder.

'Toen ik zo oud was als jij,' zei Hugo Obrizki tegen zijn oudste dochter, die haar bord wegschoof en klaagde dat het vlees stonk, 'moest ik alles eten, en wanneer ik dat niet deed, trok mijn vader de riem uit zijn broek en moest ik voor hem gaan staan, voorovergebogen...'

Op dat moment stond mevrouw Obrizki op en verliet met gedecideerde pas de eetzaal.

Hugo Obrizki reageerde er weer even rustig op. Zijn vrouw, zei hij, ging meestal vroeg naar bed.

'Als ze tot negen uur opblijft, vindt ze het al een hele prestatie.'

'De zeelucht misschien.'

'Aan land is het niet anders.'

'Ik heb altijd respect voor mensen die gezond leven.'

'Ik ook. Die water drinken en appels eten. Nog wat wijn?'

Lucas dronk zijn glas leeg, maar bedankte voor het dessert. De wrevel van Hugo Obrizki kwam te veel met zijn eigen wrevel overeen en hij was juist vertrokken om zijn irritaties te vergeten.

Hij zocht verkoeling op een van de bovenste dekken.

6

De zee werd een echte zee, niet ruw maar weerbarstig. Het boegwater spoot hoog op, het schip bonkte op de golven. De nacht was helder, veel sterren en een bijna volle maan die laag aan de hemel stond en gloeide als een brok lava.

Hij leunde ver over de reling en keek recht naar beneden. Het water schoot bruisend en schuimend weg. Het dek trilde, de reling trilde. Hij begreep waarom het varen zoveel indruk op hem had gemaakt als kind: een schip neemt het merkbaar tegen de elementen op, stoot, giert, slingert, stampt, jaagt. Alles om hem heen was in beweging, en alles veranderde voortdurend.

Aan de horizon verschenen regenwolken, zwarte wolken die hoger en hoger in de hemel klommen en de zee eerder groter maakten dan kleiner. De maan verloor haar gloed en wierp een melkachtig licht op het water. Het contrast met het donkere decor werd met de minuut scherper.

Hij rechtte zijn rug, keek opzij en zag dat mevrouw Obrizki naast hem was komen staan. Door de wind en het ruisen van het boegwater had hij haar niet dichterbij horen komen. Met haar handen zocht ze steun op de reling.

'Neem me niet kwalijk dat ik u even gezelschap kom houden.'

Het was de tweede keer dat ze hem onder vier

ogen aansprak en de tweede keer dat ze met een verontschuldiging begon. De Zuid-Amerikaanse manier. Of duidden die pardons op een karaktertrek?

'Als u het vervelend vindt, moet u het zeggen.'

Ze liet de reling los maar liet haar handpalmen op het mahoniehout rusten.

Hij zei niets.

'Ik leid u af. Waar kijkt u naar? Ik zie slecht in het donker.'

'Die wolken daar. Eerst waren ze er niet. In de heldere nacht vond ik de zee groot maar niet eindeloos groot. Toen doken ze op in het zwerk. Terwijl ze de horizon dichtplakten kreeg ik de indruk dat de afstand tussen het schip en de kim onvoorstelbaar veel groter werd. Voor mijn gevoel werd de zee toen pas onmetelijk. Ik vraag me af hoe dat komt. Hebben we een begrenzing nodig om de ruimte te ervaren?'

'Stelt u zich vaak zulke vragen?'

'In Amsterdam nóóit. Werken, lezen, uitgaan, zo zag mijn leven er daar uit. Veel binnenzitten, en als ik buiten was, zat ik op een terras, in een bleek zonnetje dat half door de bomen langs de gracht scheen. Het kosmische – en daar bedoel ik niets zweverigs mee – heb ik pas in de tropen ontdekt.'

'In Panama wonen we in een appartement aan de zeeboulevard. Iedere morgen sta ik vroeg op om het eerste licht op het water te zien schijnen. Mooi licht op een mooie leegte. Aan de andere kant van de flat zou ik over de hele stad kunnen kijken, over gebouwen, wegen, pleinen, marktstalletjes, daken, terrassen. Toch heb ik nooit overwogen naar de andere kant te verhuizen. Het geeft veel meer voldoening om naar een lege zee te kijken.'

'Omdat niets je aandacht vasthoudt. Dat is het mooie van de zee, ze heeft niets opdringerigs.'

'Het heeft ook iets met vrijheid te maken.'

'Het eindeloze dat voor je ligt. Het eindeloze dat je tegemoet zou willen gaan. O ja. Varen is toegeven aan dat verlangen. Mensen die niet van schepen houden, stellen me altijd teleur. Alsof ze nooit verder willen dan de horizon.'

'Zo was ik vroeger. De horizon vond ik ver genoeg. Ik had mijn eigen plek en wilde geen andere.'

'Heeft u eerder gevaren?'

'Nooit. Ik zag ertegenop. Ik moet er nog steeds aan wennen. Maar ik begin me op mijn gemak te voelen, bij u, of door u.'

Ze keek hem aan, snel, vanuit haar ooghoeken, terwijl ze haar gezicht nauwelijks in zijn richting draaide, alsof de spieren in haar hals het beletten.

'Vanmiddag niet.'

'Vanmiddag?'

Ze zei het alsof er inmiddels een eeuw was verstreken.

'Tijdens de maaltijd.'

'Toen durfde ik u nog niet goed in de ogen te kijken. U zult wel vaker gehoord hebben dat u bijna doorzichtige ogen heeft.'

'Op Curaçao is het me weleens gezegd.'

Door Fifi, die zich afvroeg of je met lichte ogen verder kon kijken dan met donkere. Ze hielden wedstrijdjes wie het verst kon zien en beschreven elkaar de kranen en pijpen rond de haven. De haven konden ze alleen zien door hoog in de kapokboom te klimmen.

'Maar in Nederland val je niet direct op als je blauwe ogen hebt.'

'Ze zijn niet alleen blauw, ze zijn helder, onwaarschijnlijk helder. Terwijl hij van die ondoorgrondelijke troebele ogen heeft.'

'Hij?'

'Mijn man. Maar dat klinkt zo bezitterig. Is hij van mij? Ben ik van hem? Met welk recht kun je over een persoon zeggen dat hij van jou is?'

'Mijn vader. Mijn moeder. Mijn broer.'

'Goed, die heb je. In alle andere gevallen is er sprake van een keuze.'

'En van een band.'

'Misschien verzet ik me daar wel tegen.'

'Of vraagt u zich af of die band werkelijk bestaat.'

'Zou kunnen. Zou kunnen. Hij was onmogelijk, daarnet. U moet het hem niet kwalijk nemen. Hij heeft dat nu eenmaal in zich. Er gaat altijd iets bestraffends van hem uit.'

Beste mevrouw Obrizki, wilde hij zeggen, u moest eens weten welk beroep ik heb.

Maar hij had nog niet '*señora* Obrizki' gezegd of ze onderbrak hem.

'Gabriela.'

Mooie naam – hij noemde de zijne.

'Even bijbels,' glimlachte ze.

Waarna ze beiden zwegen.

Vijf, tien, misschien wel vijftien minuten lang zeiden ze niets. Ze keken naar de koppen op de golven, ze keken naar het water dat donkerder werd toen de regenwolken voor de maan schoven, ze keken recht voor zich uit, obstinaat, alsof ze het niet aandurfden elkaar aan te kijken.

In de verte klonk muziek. Op het schip voer een Cubaans orkest mee dat alvast, in wat ooit de feestzaal was geweest, de nummers repeteerde die het tijdens het optreden in Panama zou uitvoeren. De bassen drongen door de stalen wanden heen en af en toe de schelle uithalen van een trompet. Eenmaal buiten verwaaiden die klanken alsof het vogelgeluiden waren.

Het was uiteindelijk mevrouw Obrizki – ze bleef nog even mevrouw Obrizki voor hem, hij wist niet precies waarom – die de stilte verbrak.

'Ik krijg het koud.'

Toen zag hij de haartjes op haar armen. Donzige haartjes die door de frisse zeewind of door een lichte huivering recht overeind waren gaan staan.

Hoe lang duurt een herinnering? Een seconde? Een minuut?

Na die ene seconde of die ene minuut draaide hij zich half naar haar toe, boog zich voorover, pakte met zijn rechterhand haar elleboog beet en streelde met zijn linkerhand de haartjes op haar arm.

'Mmm.'

Ze klemde de lippen op elkaar.

'Mmm.'

Veel meer dan dat zachte *mmm* kon ze niet voortbrengen.

Ze leek ontroerd.

7

Annie.

Of Hannie?

Het was al een wonder dat hem een naam te binnen schoot.

Zoals het een wonder was dat hem ogenblikkelijk een compleet iemand voor de geest stond, met armen en benen, met haren en een mond, met woorden en gebaren; iemand die, gevormd uit het leem van zijn herinnering, tot leven kwam en als een mens van vlees en bloed bewoog zodra hij haar benoemen kon.

Annie.

Of Hannie?

Een wonder waarvoor misschien wel een verklaring te vinden was – weinig wonderen zijn echte wonderen – maar dat hem in eerste instantie volslagen verraste, alsof hij een verkeerde kamer was binnengegaan en vergat een stap terug te doen en de deur weer te sluiten, gebiologeerd door het tafereel dat zich aan zijn oog ontrolde. Want het was niet een verkeerde kamer die hij binnenstapte, het was een allang vergrauwde tijd, en zij stond daar voor hem en knikte hem met een treiterig lachje toe.

Zomaar opeens, midden op zee, in het gezelschap van een vrouw die een andere taal sprak, die de z als een scherpe s liet klinken en die in zo weinig ijsblauwe ogen had gekeken dat ze zich over de zijne verbaasde.

Annie.

Annie ja, niet Hannie.

Ze was twaalf toen ze in het dorp kwam wonen. Hij was elf. Al zijn klasgenoten waren elf.

Waarom Annie niet tot de hoogste klas was toegelaten, was een van de raadsels die haar komst vergezelde. Zelf wilde ze er geen verklaring voor geven, nadat de onderwijzer haar een keer nadrukkelijk had gevraagd hoe oud ze precies was.

Twaalf dus.

Ze keek op haar nieuwe klasgenoten neer. Het bleek uit haar houding, uit de opgetrokken wenkbrauwen waarmee ze hen op het schoolplein gadesloeg en uit het laatdunkende *pfff* waarmee ze hun vragen beantwoordde. Geen kind uit het dorp verwonderde zich daarover: zo waren meisjes uit de stad.

Aanvankelijk was de stad weinig meer dan een lichtvlek in de verte die de dorpelingen alleen op een heldere nacht zagen schemeren. Toen braken de jaren van voorspoed aan, kroop de stad in de richting van het dorp en schoten op de vroegere korenvelden rond het dorp de huizen als distels uit de grond.

Pal achter de rivierdijk verrees, tussen de zomer en de volgende oogst, een compleet nieuwe wijk, de Welzijnsbuurt. De huizen vielen bescheidener uit dan de naam deed vermoeden: negen straten met eendere huizen, net kippenhokken, zeiden ze in het dorp. Annie was in een van die huizen komen wonen. Met zichtbare tegenzin, anders zou ze haar wenkbrauwen niet zo hoog optrekken wanneer haar een vraag werd gesteld en zou ze haar nieuwe klasgenoten niet aankijken alsof ze van toeten noch blazen wisten.

Annie droeg haar lange blonde haren los, wat van een wereldse lichtzinnigheid getuigde. Haar haren golfden over haar schouders. Dikwijls graaide ze er met haar vingers in, alsof ze de andere meisjes in de klas wilde tarten, meisjes met vlechten en strikken of een paardenstaart. Annie moest haar maniertjes van een oudere zus hebben overgenomen of van een oudere vriendin uit de stad, quasi-nonchalante maniertjes die ze in ieder gebaar en in iedere oogopslag wist te leggen. Annie was ook nog eens te lang voor haar leeftijd; ze had al erg lange benen, erg lange armen en een lange rechte rug. En ze was niet plat meer van voren – het eerste wat de jongens opmerkten toen ze op een maandagmorgen het klaslokaal binnenstapte, vergezeld door de bovenmeester, die haar met een barse plooi in het gezicht voorstelde, alsof ook hij besefte dat het dorp nooit meer het God en de vooruitgang vrezende dorp van achter de dijken zou zijn en Annie dat, in haar strakke corduroy broek waarvan de pijpen niet verder reikten dan tot aan haar kuiten en in haar veel te dunne truitje, op een bijna schaamteloze manier illustreerde.

Maar het waren niet de bobbeltjes onder haar jumper die hem een warm gevoel gaven wanneer Annie haar lange lichaam in de veel te krappe schoolbank vouwde, de bank die recht voor de zijne stond. Het waren de haartjes op haar onderarmen.

Hij boog zich soms voorover om ze beter te kunnen onderscheiden, die bijna doorzichtige haartjes met een gelige glans. Annie veinsde eerst onverschilligheid, stroopte wat later met een uitdagende grijns de mouwen van haar truitje op tot ver boven haar ellebogen en reageerde ten slotte lichtelijk nerveus. Maar hoe kribbig ze er ook van werd, hij kon zijn blik niet van haar armen afhouden.

Ze kwam uit de tropen.

Hij wist opeens waarom hij voortdurend naar die haartjes zat te staren. Het was april en ze had de kleur van augustus. Haar huid was bruin, diep goudkleurig bruin, waardoor de gebleekte haartjes er scherp tegen afstaken.

Haar vader werkte vast bij de Shell of bij een andere multinational en Annie, die diepbruine Annie, vertoefde in gedachten nog in India of in Saoedi-Arabië of in Venezuela of op een eiland waarvan hij de naam al in geen jaren meer had uitgesproken omdat hij als dorpsjongen geen import wilde zijn. Koud een paar weken terug... En dan werd je niet meer met de auto naar school gebracht, dan moest je lopen, in een lange dikke jas die je als een loden last aan de schouders hing; dan zwom je niet meer na school, dan moest je thuis, in een benauwd kippenhok, psalmversjes uit het hoofd leren...

Hij begreep het beter dan wie dan ook, en keek des te gretiger naar haar armen.

Lange smalle armen, want ook daarin verschilde ze van de meisjes uit het dorp: ze propte zich tijdens de pauzes niet met boterhammen vol of met plakken ontbijtkoek waarop zoveel boter was gesmeerd dat er na iedere hap een afdruk van de tanden in achterbleef. Zelfs de schoolmelk, die ze als alle leerlingen verplicht moest drinken, kreeg ze met moeite op, en na de laatste slok boerde ze viezig alsof het levertraan was.

Haar armen waren zo smal dat je van haar pols tot aan haar elleboog het bot kon zien, maar door de haartjes leken ze minder stakerig, werden ze donzig en zacht.

Op een dag, weken later, was ze zijn amechtig gestaar zat.

Ze draaide zich om en zei: 'Voel maar.'

Hij aarzelde. De onderwijzer stond weliswaar bij het bord met de rug naar hen toegedraaid; de meeste klasgenoten zaten over hun schrift gebogen en merkten niet wat er gaande was, maar de jongen die naast hem zat gniffelde bij voorbaat en keek vol leedvermaak toe. Annie had hem tuk.

Terugkrabbelen zou schijnheilig zijn. Hij richtte zich half op en liet de palm van zijn hand over haar arm glijden.

'En?' vroeg ze.

'Lekker.'

Waarop het treiterige lachje van haar gezicht verdween.

'Nou,' zei ze, 'ik vind het ook lekker.'

Zo simpel was het, als je uit de tropen kwam.

8

Ze namen de buitentrappen.

Gabriela liep naar boven, hij naar beneden.

Eenmaal in zijn hut vroeg hij zich af wat hem bezielde. Als iedereen zijn herinneringen op toevallig gezelschap ging uitleven, zouden alle rechters op de wereld overuren maken.

Hij rekende uit hoe lang het geleden was. Op de kop af drieëndertig jaar. Gedurende die drieëndertig jaar moest zijn oog vaker op een licht behaarde vrouwenarm zijn gevallen en nooit had hij toegegeven aan welke impuls dan ook.

Eén seconde, één minuut. Na die ene seconde of die ene minuut had hij zich moeten omdraaien en rustig moeten weglopen, met zijn handen in zijn broekzakken en zijn vingers op slot.

Wat had hem zo vrijpostig gemaakt? De zee? De ruimte om hem heen? Of het truitje dat Gabriela droeg, een truitje zonder mouwen?

Duizenden herinneringen lagen in zijn geheugen te vervagen. Dat uitgerekend deze ene hem weer scherp in het oog was gesprongen, vormde al evenmin een excuus. Niets pleitte hem vrij. Hij had zich laten gaan, hij wist niet precies waarom; ogenschijnlijk had Gabriela alleen haar lengte met Annie gemeen en de donzige haartjes op haar armen.

Donkere haartjes, hoewel ze even scherp tegen haar matwitte huid afstaken als de gelige haartjes tegen de diepbruine huid van Annie. Als hij kiezen moest, vond hij donkere haartjes nog aanlokkelijker dan blonde. Onweerstaanbaarder. Brutaler.

Quatsch.

Was het zijn leeftijd? Het begin van de terugkeer waaraan niemand ontkomt en die hij al concreet had gemaakt door aan boord van een schip te stappen? Of zocht hij in het verleden wat hij in het heden niet verklaren kon? Wat trok hem precies in Gabriela aan, behalve haar lange benen, haar lange armen en haar hals die zo smal was dat hij die met beide handen kon omvatten? De oprechtheid misschien, de welhaast naïeve onbevangenheid waarmee ze hem bekend had dat ze zich bij hem op haar gemak voelde.

Hij kleedde zich uit en schoof tussen de lakens. Annie, het bijdehandje van de lagere school; hijzelf nog kleiner, een joch dat haastig zijn trui naar beneden trok om een eventuele erectie te verbergen... Waar maalde hij eigenlijk om?

Maar toen hij zijn ogen sloot, lag hij op het strandje bij 't Stort en hoorde Annie vragen: 'Tegen niemand zeggen. Nóóit. Beloofd?'

De plek heette 't Stort omdat verderop de vuilniswagens uit de stad hun stinkende lading in een kwelder stortten. Om bij de rivier te komen moest hij eerst langs die smeulende stortplaats fietsen – het vuil werd in brand gestoken – waarboven altijd meeuwen cirkelden.

Sinds zijn reis met de Schouten associeerde hij meeuwen met afscheid, meeuwen die even wit waren als zakdoeken. Die wapperende zakdoeken fladderden lang mee, tot de kust uit het zicht verdween, en doken bij de volgende kust weer op, uit de laaghangende wolken, alsof ze er nog even op wilden wijzen dat iedere aankomst in het verlengde van een afscheid ligt.

Na de stortplaats reed hij een smal pad op dat kilometers langs de rivier slingerde, een hoog gelegen pad dat op de slaperdijk was aangelegd. Aan de waterkant groeide wilgenhout waartussen zich zandstrandjes hadden gevormd.

Op een doordeweekse dag aan het begin van de zomervakantie zag hij Annie op een van die strandjes liggen, met haar benen opgetrokken en haar haren wijd uitgespreid over het zand. Hij stapte van de fiets af en ging naast haar zitten.

Zich koesterend in de zon sloot Annie de ogen. Ze had een langgerekt gezicht, scherpe kaken en nauwelijks een ronding onder haar kin. De huid vond hij griezelig dun; bij haar slapen zag hij een warnet van adertjes. Langs haar oren liep een spoor donzige haartjes.

Toen ze haar ogen weer opendeed, keek hij naar haar armen, die nog bruiner waren geworden sinds ze in het dorp was komen wonen. Hij wist het uit ervaring: wanneer je lang in de tropen hebt gewoond, word je sneller bruin. Bij hem thuis was zijn vader iedere zomer weer het eerst bruin, omdat hij met eenendertig jaar en zeven maanden de onbetwiste recordhouder van het aantal tropenjaren was.

‘Weet je dat ik dáár ook al haar heb?’

Ze richtte zich half op en wees zonder de geringste gêne naar haar buik.

Hij ontweek haar blik. Wat wilde ze eigenlijk?

Hem opnieuw uitdagen? Hem laten voelen wat een ongelooflijke boerenheikneuter hij in feite was?

'Dáárom zit je toch de hele tijd naar mijn armen te staren?'

Hij had het verband niet eerder gelegd, althans niet in het klaslokaal en niet bewust. Hij had het verband met de tropen gelegd, met zon, en met een soort aanhalerigheid dat bij warme streken past.

'Je bent twaalf,' zei hij plotseling met een boosaardigheid die hem zelf verraste. 'Bij ons in de klas zijn we elf. Ben je soms een keer blijven zitten?'

Ze glimlachte onaangedaan.

'En waarom zou ik je dat vertellen?'

Een coaster voer voorbij, stroomopwaarts; ze hoorden de motoren dof stampen.

'Ik ben niet van het dorp. Dat kun je toch horen? Ik praat niet alsof ik de woorden uit de klei moet trekken. Na Curaçao heb ik in Venezuela gewoond, na Venezuela weer op Curaçao. Pas op mijn zevende ben ik naar Nederland gevaren, met de Schouten, een vrachtschip met passagiersaccommodatie.'

Het laatste woord gebruikte hij graag omdat het zo lang was en hij het in één adem kon uitspreken.

'Via Jamaica. Toen de oceaan over, naar Madeira. Toen naar het noorden, rillend van de kou. We hadden nooit willen geloven dat je kon rillen van de kou. Kleumen vonden we een raar woord, hoe deed je dat precies? Opeens kleumden we als bibberende hondjes. Vier weken zee. Misschien waren het er wel vijf. Ik was niet één keer zeeziek. "Jij bent net als ik," zei mijn vader, "jij bent met zeebenen geboren." Maar dat wist ik al; op het schip naar New York hoefde ik ook niet te kotsen.'

'New York?'

Eerst had ze hem aangehoord alsof hij onzin uitkraamde, maar New York was de grote wereld en bij die wereld wilde Annie horen. Ze leunde op haar ellebogen en keek hem aan alsof hij al zestien was en een anker op zijn bovenarm had laten tatoeëren, zoals matrozen deden.

'Een jaar eerder waren we van Curaçao naar New York gevaren. Op de Santa Maria. Op de terugweg kregen we storm.'

Dat verzon hij, maar wat was de zee zonder stormen?

'En jij? Jij komt toch ook uit de tropen?'

'Bij de negertjes vandaan. En een honger geleden! Nee, zo erg was het nou ook weer niet.'

'Ik zag het anders meteen. Niet alleen omdat je bruiner bent dan wij, ook door de manier waarop je iedereen aankeek. Het viel mijn broer het meest op, na al die jaren in Maracaibo en op de Antillen, hij vond het zelfs een beetje verdacht, alsof hij in de maling werd genomen: dat de kinderen hier veel minder op hun hoede zijn. Ze moeten de woorden wel uit de klei trekken maar dan geven ze je ook meteen de hele suikerbiet. Hun blik is open als een veld. Jij keek anders.'

'De bergen.'

Ze snoof, alsof ze iets verachtelijks zei.

'Hoog in de bergen schijnt veel zon. Je wordt er even snel bruin als in die landen waar jij vandaan komt. Maar het is er wel veel kouder dan hier in de winter. Alleen mijn gezicht en mijn hals werden bruin, en mijn armen.'

Ze ging weer plat op haar rug liggen. Ze keek naar

de wolk die een schaduw over het strandje wierp, zo'n Hollandse wolk die als een klodder slagroom langs de hemel glijdt.

Ook hij ging weer languit op het zand liggen. Hij pakte de hand van Annie beet, verwachtend dat ze hem ogenblikkelijk zou terugtrekken, maar haar vingers zochten de ruimtes tussen zijn vingers.

'Wat deed je in de bergen?'

'God, wat doe je in de bergen... Diep ademhalen omdat de lucht er ijler is.'

'Méér niet?'

'Lopen. Klauteren, om nog dieper adem te halen.'

'En verder?'

'Me van alles in het hoofd halen omdat die bergen geen centimeter weken en altijd even wit bleven. Dan moet je veel verzinnen om niet doodongelukkig te worden.'

Met haar vrije hand trok ze haar jurk op. Haar andere hand pakte zijn hand stevig beet en schoof hem onder het elastiek van haar broekje. Hij voelde een paar haartjes die stekeliger aanvoelden dan de haartjes op haar arm. Hij trok zijn hand haastig terug.

Doodongelukkig. Ze liet hem niet zomaar voelen, ze probeerde een gedachte te verdrijven. Bergen die niet weken. Benauwenis. Lange dagen, zonder enig vermaak. Geen meiden om te tarten, geen jongens om uit te dagen. Sneeuw, een dik pak dat de geluiden dempt en de stilte schrijnend maakt.

'Maar je mag het tegen niemand zeggen.'

Haar stem klonk voor het eerst dun, onzeker.

'Ben je gek.'

'Over de bergen bedoel ik.'

‘Hoe lang was je daar?’

‘Een tijdje.’

‘Waar precies?’

‘Doet er niet toe. Aan niemand zeggen. Nóóit. Beloofd?’

Hij moest het haar zweren.

Toen legde ze haar hoofd op zijn schouder en voelde hij haar haren in zijn oor kriebelen.

Na de zomervakantie verscheen Annie niet meer op school. Als reden voor haar plotselinge vertrek uit het dorp gaf de onderwijzer haar zwakke longen op; Annie was meer bij zeelucht gebaat dan bij de graslucht uit de polders.

Op de mededeling reageerde hij even onaangedaan als zijn klasgenoten. Hij had er al rekening mee gehouden dat ze hem geen blik waardig meer zou keuren, bang dat hij weer over de bergen zou beginnen. Door te vertrekken bespaarde ze hem die teleurstelling: hun laatste contact zouden haar haren blijven, die in zijn oren kriebelden.

Wel bracht hij nog vele middagen op het strandje door, iedere zomer opnieuw, vlak bij het traag stromende water dat nog even wachten moest voor het door de zee werd opgenomen.

En altijd wanneer hij naar de rivier keek, voelde hij een gemis dat door niets of niemand weggenomen kon worden, of het moest door Annie zijn. Maar van Annie wist hij dat ze nooit meer terug zou keren.

9

Wanneer rechters bijeenkomen, voor een congres of de installatie van een collega, zijn ze nauwelijks van elkaar te onderscheiden. Ze dragen een pak of een mantelpak waarvan er in een willekeurige modezaak honderd op een rij hangen, ze praten op dezelfde kalme, weloverwogen toon en ze drinken tijdens het borreluur een sapje. Ze zijn niet bang of bedaagd, ze hechten aan hun onafhankelijkheid en proberen te voorkomen dat ze op de een of andere manier opvallen. *To know your judge is to win half of the case*, zeggen de Amerikanen. Fout. Een beetje rechter zorgt ervoor dat hij of zij vrij kleurloos door het leven gaat en niet op een karakteristieke voorkeur of eigenschap valt te betrappen.

Met het beeld van zo'n bijeenkomst voor ogen, zes rechters die geïnstalleerd werden in Amsterdam, die een voor een naar voren traden om de eed af te leggen, hijzelf als laatste, schrok Lucas wakker. Hij gold toentertijd als een buitenbeentje, geen krijtstreep in het pak, geen scheiding in de bos stekelige haren; hij wreef niet iedere lach van zijn gezicht en tijdens het drankje na afloop nam hij wat scherper stelling dan zijn collega's, van wie de meesten een paar jaar ouder waren dan hij.

Zo bijzonder was hij allang niet meer. Met hem was een nieuwe generatie rechters aan de slag gegaan die niet eens bekakt kon praten, laat staan dat ze er de neiging toe voelde. Toch geloofden rechters nog altijd, of ze nu op wereldreis gingen of op kampeervakantie, zich in hun vrije tijd op de golfbaan vermaakten of in het stadion, naar Schubert luisterden of naar de Sex Pistols, dat ze nooit aanstoot mochten geven.

Hij schoof het gordijntje voor de patrijspoort weg, zag de eerste ochtendschemering en wilde direct de frisse lucht in. Hij was het niet vergeten, kon het niet vergeten: hij had zich de vorige avond laten gaan. Een ander zou dat aanvaarden als een plotseling opkomende verkoudheid, hij was nog rechter genoeg om het zichzelf als een bedenkelijke fout aan te rekenen. O jawel, de stem van de verdediging klonk in zijn gedachten door, zij had haar arm immers niet teruggetrokken, maar het initiatief was van hem uitgegaan. *Schuldig, Saverijn*, aan dat vonnis viel niet te tornen.

Gabriela moest even slecht geslapen hebben als hij. Haar donkere ogen doken diep weg in hun kassen.

'Vroeg,' zei hij, toen hij haar tot zijn verbazing op het achterste gedeelte van het promenadedek aantrof.

'Ik sta altijd vroeg op.'

'Uit discipline?'

'Meer omdat ik het nooit afgeleerd heb. Als kind stond ik al om zes uur naast mijn bed. Vanmorgen was het een uur vroeger.'

Hij vond het prettig dat hij haar buiten terugzag, op het dek, en niet in de eetzaal, waar ze boven de roereieren een plichtmatig gesprek hadden moeten voeren, in het gezelschap van haar man en haar kinderen.

'Laten we lopen.'

Zo vastberaden kende hij haar nog niet.

De verontschuldiging die op zijn lippen lag, slikte hij in. Het voordeel van de twijfel krijg je alleen door onschuld te veinzen, wist hij uit de rechtszaal. Wie Annie was, zou hij haar toch niet duidelijk kunnen maken; hij zou dan eerst de andere meisjes uit het dorp moeten beschrijven om het contrast aan te tonen. En trouwens, niemand wordt graag voor een ander versleten.

Hij had zich niet alleen door de schok van de herkenning laten leiden. Gabriela was hem direct al opgevallen, bij het vertrek, en nogmaals, in het voorbijgaan. Hij had de hofmeester nadrukkelijk gevraagd hem aan de ronde tafel bij de patrijspoorten te plaatsen, omdat hij in het voorbijgaan verduveld goed had gezien wie er aan die tafel zat. Als toeval hem in de buurt van Gabriela had gebracht, dan was het op zijn minst gemanipuleerd toeval geweest.

Lopen. Wanneer ze hem opdringerig had gevonden of gewoon geschift, zou ze hem niet voorstellen een wandelingetje op het promenadedek te maken. Ze had overigens wél een dikke trui met lange mouwen aan, en ze drukte haar gevouwen armen tegen haar maag. Uit voorzorg – ze vond hem misschien toch wel een beetje bizar.

Ze ging rechts van hem lopen, alsof ze aanvoelde dat hij er een hekel aan had wanneer iemand links van hem liep – hij wist niet waarom. Haar schouders bevonden zich op dezelfde hoogte als de zijne; Gabriela was precies even lang als hij.

Een vroege ochtend op zee.

Voor de zon boven de kim verschijnt, werpt ze een paar kleuren in de hemel: een streep grijs, een veeg roze, nog wat donkergrijs om het contrast te versterken. Op zee begint de dag als een herhaling van de schepping, met weinig, maar iedere kleur lijkt een overwinning op de duisternis.

'Leef je met iemand samen?' wilde ze weten terwijl het eerste blauw zich in de hemel aftekende.

Hij glimlachte om de behoedzaamheid waarmee ze haar vraag stelde. *Iemand...*

En hij glimlachte omdat ze, zonder enige nadruk, een stap had genomen die in haar taal een veel grotere is dan in de zijne: ze tutoyeerde hem.

Hij keek haar aan, schuin van voren, en zag de littekens op haar voorhoofd en vlak onder haar slapen. Waarom waren die hem niet eerder opgevallen? Geen diepe littekens, geen langgerekte ook; kleine cirkels. Hij vermoedde dat het glas geweest was – de voorruit van een auto wellicht.

'Je wilt het niet zeggen.'

'O jawel,' schrok hij op. 'Eerst kreeg Merel een hekel aan de tropen, en toen aan mij. Of andersom.'

'Wat miste ze?'

'De afleiding. Amsterdam. In een stad hou je het lang uit, zelfs met iemand die je langzamerhand te goed kent.'

'Te goed is toch geen beletsel, Lucas.'

De u werd een ou in haar mond; de s neigde naar een z.

'Te goed, te lang, te diep. Allemaal verkeerd. Als de aandacht verflauwt, verdwijnt de liefde.'

'Of verandert in haat.'

'Welnee. Desinteresse. Onverschilligheid. In haat loeit de bekommernis door.'

Klinkt de bekommernis door, zei hij in het Spaans. Volledig vrij ben je alleen in je eigen taal, hoewel hij de eerste Spaanse woorden al als kleuter had geleerd, van Fifi, wier moeder in Venezuela was geboren.

'Kinderen?'

'Steeds maar weer uitgesteld. Zo ging dat met mijn generatie, de eerste generatie die lang jong wilde blijven.'

'Spijt?'

'Als je eraan toegeeft, hou je er een maagzweer aan over. Spijt lost niets op. Maar...'

Hij zette zijn blik op oneindig.

'... ik vraag me weleens af hoe mijn kinderen op de tropen gereageerd zouden hebben. Iedere generatie pikt weer iets anders op... Mijn tropen waren nog half verbonden met de koloniale tijd, met afhankelijkheid maar ook met aanhankelijkheid. Ze zouden denk ik kritischer geweest zijn. Net als Merel. Wat haar ergerde was het futloze. Nooit zelf een oplossing verzinnen, altijd de schuld in het verleden zoeken, altijd de zielepoot uithangen, altijd bedelen en het telkens weer volstrekt normaal vinden als er hulp komt. Ze zei het vaak tegen me: *jij bent hier om je nog eens flink te laten straffen voor wat je ouders en je grootouders in de tropen hebben aangericht.*'

'En zij? Hoe vond zij het zonder kinderen?'

'Makkelijk. Geen verantwoordelijkheid. Twijfelachtig ook. Toch nog een restje verlangen. *Mijn dochter zal mooier zijn dan alle adagio's van Mahler.* Als ze niet zoveel tijd in haar werk had gestoken, zou ze het betreurd hebben. Eerste generatie vrouwen in een mannenberoep. Dan moet je hard aanpoten.'

'Waarom zijn jullie niet teruggegaan?'

'Omdat we al te ver van elkaar waren verwijderd. Zij had geen hoge dunk van Europa, tot ze Europa verliet. Bij mij was het eerder andersom... Natuurlijk deed het pijn. Opeens was er een enorme kloof, terwijl we ooit in dezelfde collegebanken hadden gezeten en bij dezelfde hoogleraren tentamen hadden gedaan. Zij hoorde bij het begin, het begin van onze studiejaren, van onze loopbaan, bij de eerste tegenslagen en de eerste kleine overwinningen, bij het eerste huis en de eerste grote reizen.'

Bij de eerste echte seks, zonder een hospita die meeluisterde aan de deur, bij hele zondagen op bed, bij een tijd die hem nu veel verder weg leek dan de passage aan boord van de Schouten.

'Hoe lang leef je al alleen?'

'In jaren uitgedrukt drie, wat weinig zegt. Het lijkt veel langer.'

'Het bevalt je niet?'

'Eerst voelde ik opluchting. Eindelijk doen waar ik zelf zin in had. Toen voelde ik leegte. De leegte die je altijd voelt na een falikante mislukking... Als ik zonder onrust geboren was, zou het gelukt zijn. Denk ik.'

'En hoe kom je aan die onrust?'

'Door de blik die mijn vader regelmatig op zijn boekenkast wierp. *God*, verzuchtte hij dan, *die boeken hebben heel wat afgesjouwd voor ze hier een vast plekje vonden.*'

Het door de schroef omwoelde water liet een lang

wit spoor achter. Zo gaat het met onze ervaringen, dacht hij: ze blijven nog een tijdje zichtbaar, lossen op en verdwijnen in de diepte; tot er een Gabriela opdoemt, dan komen ze door een onverklaarbare magie weer bovendrijven. Hij verbaasde zich over zijn eigen openhartigheid.

'Meestal ben ik terughoudender,' zei hij. 'Bekentenissen...'

... dwing ik bij anderen af, wilde hij zeggen, niet bij mezelf.

En trouwens, bij anderen vond hij het al moeilijk genoeg omdat hij, zoekend naar de juiste toedracht, door de geheimste gangen van een leven dwaalde, en veel meer begreep dan hij begrijpen moest.

Gabriela snoof de zeelucht op en zo gretig dat ze haar schouders optrok.

'Ik wilde weten hoe het is als je keuzes kunt maken. Ik kon dat niet. Binnen het jaar was alles beslist. Een kind. Trouwen. Vluchten. Moeder op mijn negentiende, balling op mijn twintigste.'

'Spijt?'

Hij vroeg het even pertinent als zij, maar ze hoorde de spot in zijn stem niet of ze weigerde zich eraan te storen.

'Voortdurend. Spijt niet in een ander land geboren te zijn, spijt niet twintig jaar eerder opgegroeid te zijn of tien jaar later. Tijd en plaats zijn de twee godsoordelen die over je geveld worden. Waar begint je leven en onder welke omstandigheden? Het wáár is je vader, het wannéér je moeder. *Zeg me waar en wanneer je geboren bent en ik zeg je wie je bent.* In mijn tijd overheerste het slechte. Je kon de luiken dichtdoen, door alle kieren en gaten drong het naar binnen. Je kon je boenen en wassen, het bleef een vuile tijd. Ik kreeg de kans niet rustig op te groeien en mijn eigen weg te vinden. Angst maakt snel volwassen.'

Ze begonnen aan een nieuwe ronde op het promenadedek. Ze liepen langzaam, aarzelden bij iedere stap, bleven soms even staan. Ze werden ingehaald door oudere heren die druk redeneerden en zoekend naar nieuwe argumenten de panamahoed oplichtten om de wind over hun kale schedel te laten aaien; ze werden ingehaald door hollende kinderen. Zoals op de Schouten, waar hij in de vroege ochtend op het dek hinkelde en af en toe een standje kreeg omdat hij zo in zijn spel verdiept was dat hij tegen een voorbijganger op botste. Nooit meer wilde hij aan land gaan, omdat hij behalve standjes ook snoepjes kreeg en zoenen op zijn wang van vrouwen die nog eenmaal hun tropengarderobe etaleerden en lekker roken naar de zonnebrandcrème waarmee ze hun schouders hadden ingesmeerd.

Gabriela draaide zich naar hem toe en keek hem recht in de ogen.

'Moeder én balling zijn hoedanigheden waaraan je nooit meer ontsnapt, zijn spiegels waarin je jezelf altijd weer tegenkomt. Je eigen kinderen zijn schrikbarende wezens, je ziet jezelf erin terug. Vergroot, verkleind, versterkt, verzwakt, een tikkeltje anders, maar toch... Victorina valt altijd onmiddellijk op, alle ogen zijn op haar gericht, waar ze zich ook vertoont, maar als ze een halve minuut de aandacht mist, gaat ze zich aanstellen. Eleonora raakt om het minste of het geringste in paniek, hoewel ze de meeste risico's neemt. De jongste lijkt meer op hém, maar Monica heeft wel het neerslachtige van mij.'

Het was een woord dat hij niet direct met haar associeerde. Dat ze graag als haar oudste dochter in het middelpunt van de belangstelling stond, verbaasde hem allerminst. Doortastend zou ze ook wel zijn. Maar neerslachtig?

'Waar zit je dan over in?'

'De grote dingen. Waarheen? Naar het noorden of het zuiden, het oosten of het westen? En de alledaagse. Cartagena de Indias... de stad in, de kinderen vermaken... Ga je met ons mee?'

Terwijl het schip de lagune binnenvoer, tussen twee forten door, grimmige vestingen uit de Spaanse tijd, vroeg hij zich af welk excuus hij kon aanvoeren. Met drie kinderen door een stad zeulen was niet de dag die hem voor ogen stond. Voor het vallen van de avond zou het schip de haven alweer uit varen, hij zou zich moeten haasten om althans een glimp op te vangen van de stad die de begerenswaardigste en de grilligste scheen te zijn aan de *Mar de la Nuestra Señora*, zoals de Spanjaarden de Caraïbische Zee noemden, de Zee van Onze-Lieve-Vrouw.

Gabriela boog zich over de reling en wees naar het water dat bruin en brak was geworden. Haar lange zwarte haren woeien alle kanten op en toen wist hij niet zo zeker meer of hij nog wel een excuus nodig had.

'Ik val,' riep ze met een hoge lach.

Hij greep haar arm vast en trok haar omhoog. Met die neerslachtigheid zou het wel meevallen – zoals alle ouders zag ze het verkeerde in haar kinderen terug.

Ze haastte zich naar haar hut; ze moest zich nog douchen en opmaken en ze moest de haren van haar jongste dochter nog borstelen.

Het laatste geloofde hij, het eerste niet. Toen ze in het eerste ochtendlicht naast hem was komen staan, waren haar haren nat geweest en lag er een kunstmatige schaduw op haar oogleden.

Hij bleef op het dek achter. Het land dampte aan weerszijden van het brakke water, totdat twee steden uit de nevel opdoemden, een langgerekte stad met blikkerende flats, een miniatuur-Manhattan dat zich op een landtong uitstrekte, en een doffe stad met imposante koepels die vanuit de verte op Venetië leek.

10

De ramen van de huizen waren gekooid met tralies van ebbenhout of van ijzer. Als ramen ogen zijn, dan durfde deze stad niet te kijken. Een barokke stad, Latijns van sfeer, Caraïbisch door de geel, blauw en roze geschilderde huizen, maar vooral discreet, op het geheimzinnige af. Balusters voor de balkonnen, tralies voor de ramen, zelfs voor de vensters van kerken en kapellen.

De steden van het noorden zijn open, die van het zuiden gesloten. Het viel hem hier sterker op dan op zijn eiland, waar de huizen al even gekooid waren, en niet alleen tegen diefstal, meer tegen opdringerigheid in het algemeen. Niet durven kijken gaat samen met niet bekeken willen worden.

De hitte veranderde de lucht in damp.

'Net als in Panama,' veronderstelde hij.

'Of in Misiones,' zei Gabriela.

Hugo liep tussen zijn oudste dochters in, met afgemeten passen, alsof hij verplicht mee moest op een excursie die hem bij aanvang al te lang duurde. Gabriela liep rechts van hem, met Monica aan de hand, die haar moeder telkens een stukje bij hem vandaan trok.

De boekhandel had geen tralies voor de etalageruit maar een ijzeren rolluik dat half was neergelaten. Gabriela stapte naar binnen en vroeg om twee verhalenbundels van Horacio Quiroga. Voor hem.

Om vanavond of vannacht nog te lezen, aan boord van het schip.

'*Los Desterrados.*'

Niet voorradig.

'*Cuentos de amor de locura y de muerte.*'

Al jaren uitverkocht.

'*Bien*,' zei ze, 'dan duurt het nog even voor je me kent.'

In haar T-shirt tekenden zich transpiratievlekken af onder de oksels. Toch leek ze beter tegen de hitte te kunnen dan Hugo en haar dochters.

Quiroga.

Een lange, ziekelijke man met een baard, vertelde ze. Hij had zich allang van kant gemaakt toen zij ter wereld kwam, maar hij schreef de meeste van zijn verhalen in Misiones, het gebied waar ze haar vroegste jeugd had doorgebracht. En Misiones was een brede lap oerwoud in het noordoosten van Argentinië, ingeklemd tussen Paraguay en Brazilië.

'Hout en maté,' zei ze, 'je kunt het nog aan mijn huid ruiken.'

Ze hield haar arm voor zijn neus.

Toen hij snoof, raakten zijn neusvleugels de haartjes.

'Maté stinkt,' zei haar oudste dochter.

'We wreven de theebladeren over onze huid. Dan beten de slangen niet.'

'Hielp het?'

'Ik ben nooit gebeten. Een mirakel in de regenwouden. Nergens is het woester dan in Misiones, nergens is het harder en primitiever.'

'En jij?' vroeg hij aan Hugo Obrizki.

'Buenos Aires.'

Hij zei het met tegenzin. Hugo kwam niet alleen uit de stad, hij had ook het afstandelijke van een hoofdstedeling, het wantrouwende, het ongenaakbare. Het oerwoud daarentegen bracht iedere levende ziel dicht bij de waanzin en de dood – wat Gabriela hem door de titel van een boek duidelijk had proberen te maken.

Subtiel, vond hij. Even subtiel als haar arm voor zijn neus houden om aan te geven dat ze hem dat ene moment van handtastelijkheid, want dat was het feitelijk toch geweest, niet aanrekende. Verder geen gezeur, alleen dat gebaar.

Ze namen een taxi en reden naar een klooster, hoog boven de stad met de koepels.

Aan de witgepleisterde muren kleefden honderden zwarte vlinders. Zelfs met de vleugels opgevouwen waren ze bijna even groot als een hand met uitgestrekte vingers.

Monica en Eleonora probeerden er een paar weg te blazen; de vlinders verroerden zich niet.

Het waren sfinxen, maar zwarter dan hij ze ooit had gezien.

Als de nacht viel, was het andersom, zei de monnik die hen vergezelde: de vlinders zochten dan met drommen tegelijk het licht van de schaarse lampen op. Hij was er zeker van dat ze een epidemie aankondigden of een extreem hoge vloed. Cholera vermoedelijk, wat altijd nog beter zou zijn dan die andere pest – de guerrilla.

In de kloosterkerk brandde Gabriela een kaarsje, terwijl Hugo bij de ingang een cigarillo rookte. Hij hield zijn dochters voor dat de vlinders gewoon de koelte van de kloostermuren opzochten. Zijn nuchterheid was alleen verrassend voor wie hem op een bepaalde plek wilde vastpinnen; hijzelf wilde dat in ieder geval niet.

Lucas vond het opvallend met hoeveel tegenzin hij de naam van zijn geboortestad had uitgesproken. Hugo leek hem iemand die nergens bij wilde horen, bij geen enkele stad, geen enkel land, geen enkel continent. Bij geen enkele overtuiging ook, geen enkel geloof en geen enkel bijgeloof.

Op een terras onder platanen raakte Gabriela haar bord niet aan omdat de ober haar eraan herinnerde dat Carlos Gardel op weg was naar Cartagena toen hij, na een laatste optreden in een bar op Aruba, bij een vliegtuigongeluk om het leven kwam. De ober floot de wijsjes, zij zong de teksten. Haar dochters keken haar aan alsof ze haar toehoorders schokte met obsceniteiten.

Ze was een ander persoon op haar eigen continent, waar de autobussen de eerste tonen van het *Ave Maria* lieten horen wanneer ze claxonneerden; ze was vijftien jaar jonger, nog niet getrouwd, nog geen moeder, uitbundig, flirterig, af en toe een beetje gek. En met wie ze ook sprak, of het nu de monnik of een bedelaar was, ze moest hem aanraken, met beide handen, voortdurend, met als apotheose het afscheid, waarbij ze ook haar armen en haar schouders gebruikte voor een *abrazo.*

Maar toen ze naar het schip terugreden, keek ze stil voor zich uit en 's avonds verscheen ze niet aan tafel.

'Van slag,' gaf haar man als reden op. 'Jaren verdaan in Panama, hier had ze willen wonen.'

‘Wat is het verschil?’

‘Panama is Midden-Amerika. Voor de nuchtere dingen te ver van Noord-Amerika af, voor de opwindende te ver van Zuid-Amerika.’

Hij keek met Hugo naar de avondhemel, naar de koepels die snel kleiner werden voor ze achter de einder verdwenen en naar de monding van de Magdalena.

‘Een halve eeuw geleden,’ zei Lucas, ‘namen alle welgestelde bruiden en bruidegoms van Curaçao de pakketboot naar Colombia om hun huwelijksreis op de Magdalena te maken.’

Hugo glimlachte en zei niets.

‘Het was de rivier van de liefde.’

En ook daar reageerde hij niet op.

Hij had die dag nauwelijks Spaans gesproken. Omdat hij nauwelijks iets zei, niet in het Spaans noch in het Engels dat hij met zijn dochters sprak die in Panama op een Amerikaanse school zaten.

Het was een rustige maaltijd. Zelfs de kinderen zeiden niet veel. Soms liet Hugo zijn hand over de gemillimeterde haren op zijn schedel glijden of over zijn stoppelbaard, maar ook in dat gebaar zag Lucas geen enkele nervositeit, eerder het tegendeel. Hij hield hem voor een man die het liefst alleen was met zijn gedachten en die leefde met de zekerheid dat alle winden overwaaien, ook al voorspellen ze soms storm.

Terug in zijn hut bladerde Lucas in het boek van Borges, op zoek naar passages die over haar land vertelden. Hij vond ze niet. Zijn gedachten schoten alle kanten op, als de vliegende vissen die voor de boeg van het schip uit het water sprongen en laag over de golven wegscheerden.

Een ontwortelde uit Misiones, met ogen donkerder dan het regenwoud. Een dunne arm, zonder knobbels bij de polsen, vlak voor zijn gezicht. Een stem die met de dag lager klonk, en warmer.

Hij klapte het boek dicht en besloot een laatste ronde over de dekken te maken.

Staren in de nacht.

De deur was hem al eerder opgevallen, een hermetisch afgesloten stalen deur waarop een verbodsteken was geplakt en een tekst in kapitale letters die onbevoegden de toegang ontzegde, op grond van artikel 7 van het scheepsreglement.

Een deur op een van de achterste dekken, niet ver van de schoorsteen.

Bij die deur stapte Gabriela uit de schaduw.

Hij schrok, hij dacht dat ze allang naar bed was. Hij wist niet wat hij zeggen moest, hij knikte alleen.

Met beide handen draaide ze de grendel van de deur los, wat haar zoveel kracht kostte dat ze de lucht uit haar longen perste. Zij stapte als eerste het halletje binnen waar de vloer uit een ijzeren rooster bestond. Het witte tl-licht gaf haar gezicht een matte tint. In haar hals schemerden vlekken, de sporen van een ernstige verbranding wellicht – de zon van Misiones die nog feller moest steken dan de zon boven de Caraïbische Zee. Ze had gelijk toen ze haar geboorteplaats een godsoordeel noemde; sinds hij die lokaliseren kon, meende hij haar beter te begrijpen.

Gabriela ontgrendelde een tweede deur waarop in een roodomrand verbodsteken een helm was afgebeeld. Hij volgde haar, tot boven aan een smalle ijzeren vluchttrap die zigzaggend naar de donkerste spelonken van de machinekamer afdaalde. Hij was volledig betoverd door het heimelijke van haar gedrag en dat hij alweer aan Misiones toeschreef – sluipen over paden waar kinderen niet mochten komen omdat er wilde honing aan de bomen kleefde of ander gif dat de ledematen verlamde.

Ze zei iets, hij zag tenminste haar lippen bewegen, maar door het gegier van de scheepsmotoren kon hij haar niet verstaan. Het lawaai was niet alleen oorverdovend, het vibreerde tot diep in zijn maag.

Hij wierp een blik naar beneden. Vijftien, twintig meter lager dampten de turbines. Oliemannen zochten hun weg tussen de ketels, zuigers, pompen, leidingen en buizen; gehelmde dwergen wier oren door oranje doppen werden beschermd. Naar boven keken ze niet. Ze controleerden de hogedrukmeters, diep in wat op schepen 'de put' wordt genoemd.

De lucht was lauw en rook zo sterk naar stookolie dat hij niet te diep ademde om misselijkheid te voorkomen.

Gabriela zei weer iets, schreeuwde het misschien, maar hij hoorde alleen het hese geloei van de scheepsmotoren en het snerpende ratelen van de aggregaten, die een geluid produceerden dat aan naaimachines deed denken, duizenden naaimachines tegelijk. Zijn oren begonnen te fluiten.

Gabriela probeerde het nog eens. Ze trok haar mond wijd open en bewoog haar kaken alsof ze op een perzikpit kauwde. Hij vroeg zich af wat ze in hemelsnaam zeggen kon.

Ze kwam vlak voor hem staan en boog zich in zijn richting. Hij vermoedde dat ze hem recht in het oor zou schreeuwen. Maar nee.

Om haar linker pols droeg ze een zilveren armband. Ze deed hem af, drukte haar onderarm tegen zijn gezicht en liet de haartjes langs zijn wang glijden, eerst voorzichtig, al gauw wat ruwer. Hij voelde niets, behalve de geluidsgolven in zijn maag.

Hij sloeg zijn armen om haar heen, schoof zijn handen over haar rug, maar het was alsof hij haar niet aanraakte: het geluid schakelde zijn tastzin volledig uit.

Een spel, dacht hij, het is een spel voor haar, een grappig, opwindend en misschien zelfs wel een beetje pervers spel dat ze slechts bij benadering kent en dat ze daardoor des te verleidelijker vindt; een spel waar ze zich niet direct schuldig onder hoeft te voelen omdat het weinig verder gaat dan een vluchtige aanraking en dat toch weer veel te onbetamelijk is om het in de nabijheid van derden te spelen.

Even bleven ze zo staan, zij met haar arm tegen zijn gezicht en haar armband in de hand, hij met zijn armen om haar heen geslagen; toen keerde ze zich van hem af en wees naar haar oren.

Ze haastten zich naar buiten en op het dek kon hij haar eindelijk verstaan.

'We hadden wel doof kunnen worden.'

Meer zei ze niet.

Ze deed een paar stappen naar achteren en wenste hem goedenacht door haar lippen tegen de toppen van haar vingers te drukken.

Hij trilde. Niet zichtbaar, hij trilde vanbinnen.

11

Victorina keek van haar moeder naar hem en van hem naar haar moeder, alsof ze allang in de gaten had wat er gaande was en zich afvroeg wat die man met dat korte stekelige haar en die brede kaken op haar vader voorhad. Eleonora en Monica slurpten hun cornflakes op omdat ze anders niet van tafel mochten. Als ze opkeken, keken ze langs hem heen, want wie hij ook wezen mocht, van volwassenen ondervonden ze op hun leeftijd louter hinder of, erger nog, kregen ze de minzame aandacht die verplichtingen schiep. Volwassenen wensten je goedenmorgen, en dan moest je iets terugmompelen; volwassenen vroegen in welke klas je zat, en dan moest je weer aan school denken.

Hugo Obrizki nam een laatste slok koffie en grijnsde zijn dochters toe.

'Trainen?'

Ze knikten lusteloos en sloften de eetzaal uit.

Hugo, die evenveel zorg aan zijn spieren besteedde als aan zijn stoppelbaard, trainde zich iedere morgen fit in een zaal vol martelwerktuigen. Hij deed dat in Panama, en tot schrik van zijn dochters, die hij uitdaagde het tegen hem op te nemen, kon hij het ook op het schip doen, in de sportzaal onder het promenadedek.

Gabriela stond als laatste op. Ze boog zich half over zijn schouder.

'Tot zo, bij het zwembad.'
'Tien minuten?'
'Vijf.'
Het onverbiddelijke vatte hij als een teken op. Iedere minuut telde voor haar, iedere minuut die ze samen konden doorbrengen.

Ze lag al op een stoel toen hij in bermuda en polohemd bij het zwembad verscheen. Een blauwe polo, omdat hij ervan overtuigd was dat ze de voorkeur zou geven aan de blauwe boven de grijze die hij meestal droeg. Ze lette op zulke details, als hij het gefrons van haar wenkbrauwen goed interpreteerde. Zoals ze lette op de houding die hij aannam, op de kromming van zijn schouders en van zijn rug, of op de nadruk die hij in zijn gebaren legde. Zodra hij zich aan tafel vooroverboog, boog haar hoofd mee in dezelfde richting.

Veel kleiner had haar bikini niet kunnen uitvallen, tenzij hij alleen uit elastiek had bestaan. Twee minimale linten op een huid die mat was zonder bleek te zijn en snel moest bruinen. In de zeewind ging het kennelijk te snel; toen hij haar naderde, trok ze een hesje aan, waardoor alleen haar armen en haar benen bloot bleven.

Hij schoof een ligstoel naast de hare.

'Nog last van je oren?' informeerde hij, want hij kon niet iedere morgen doen alsof er de vorige avond niets was voorgevallen.

'Ze floten de halve nacht.'
'Toch nog geslapen?'
'Wat wil je horen?'
'De waarheid. Onder ede.'
'Zweren? Ai nee. De waarheid is ook maar een

verhaal. Nergens over gedroomd. Nergens aan gedacht. Een nacht om te vergeten.'

Ze trok haar linkerbeen een stukje op.

Net boven haar knie zag hij een andere oneffenheid in haar huid.

'Daar,' wees hij, 'was je vergeten maté op je vel te wrijven.'

'Een moedervlek die nooit zwart of bruin is geworden.'

Ze kneep haar ogen half dicht.

'Als meisjes onder elkaar speelden we een spelletje. In Misiones geloven we dat een moedervlek veroorzaakt wordt door een verborgen verlangen van de moeder tijdens de zwangerschap. Aan de vorm van de vlekken probeerden we af te lezen wat dat verlangen was. De ene vlek leek op een aardbei, de andere op een kers – vruchten uit het koelere zuiden die in Misiones niet te krijgen waren. "En jouw vlek?" vroegen mijn vriendinnen op school. Ik zei dat mijn moeder gehoopt had dat mijn vader haar daar zou bijten.'

Annie. Zo'n type meisje moest ze geweest zijn. Alsof hij het na één oogopslag had vermoed, alsof hij het met een geheim zendertje had opgevangen. Donker in plaats van blond. Dertig jaar later, nabij een ander continent. Deed er allemaal niet toe: hetzelfde type.

Bijten. Hij zag het voor zich zoals zij het lang geleden voor zich moest hebben gezien. En hij grinnikte.

'Vol in het dijbeen.'

'Misschien hoopte ik wel dat mijn vader het bij mij zou doen. Even ravotten, onder de klamboe, voor het slapengaan. Ik kon lang wachten. Hij was altijd onderweg voor zijn werk, en wanneer hij thuiskwam, boog hij zich direct over de tekentafel.'

'Huizen?'

'Wegen en pistes. Bruggen en afwateringskanalen. Tot hij als iedereen in Misiones malaria kreeg: toen werden het straten in Buenos Aires. Ik was twaalf toen we naar de stad verhuisden. Het duurde jaren voor ik eraan gewend was. Kapotte trottoirs en miezerige platanen. De enige imposante bomen stonden op de begraafplaats.'

'Vandaar Panama. Terug naar het regenwoud.'

'De werkelijkheid was een nog veel lelijker stad waar het nooit herfst werd en nooit lente. Wat ga jij er zoeken?'

'Niets. Werkelijk niets.'

'Klinkt geheimzinnig.'

'Ik wilde niet ergens heen, ik wilde weg. Pure desertie.'

'Van wat?'

'Het kwaad dat om zich heen grijpt. Het misprijzen. Zulk soort dingen. Kom ik wel weer overheen. Ik moest er gewoon even uit.'

'Welk kwaad?'

'Het ergste: zonder enige scrupules. Als je daar dagelijks tegenop botst, word je cynisch of moedeloos, en tegen beide probeer ik me te verzetten.'

'In welke hoedanigheid?'

'Als rechter-commissaris. In de meeste landen heet het rechter van instructie. Of onderzoeksrechter.'

Ze keek een tijdje voor zich uit.

'Rechter.'

Ze schudde langzaam het hoofd.
'Rechter...'
Ze probeerde een glimlach.
'Het kost me moeite je in een toga voor te stellen, met een witte bef voor. Het zal de meeste vrouwen wel bevallen.'
Ze trok haar mondhoeken naar beneden.
'En jou?'
'Je bent de eerste rechter die ik ontmoet.'
'Wat doorgaans een verdienste is.'
'Ja... Het had anders kunnen lopen. Een misstap is snel begaan.'
'Hoe langer ik rechter ben, hoe meer ik me erover verbaas dat er nog zoveel mensen op het rechte pad blijven. Als je lang in het vak zit, begin je ook zelf te geloven dat alleen misdaad loont. Zoals een psychiater normalen steeds gekker zal vinden en gekken steeds normaler.'
'Ik denk niet aan misdaad. Een fout. Een vergissing.'
'Te hard rijden. Door oranje terwijl het licht al op rood springt. Meestal gaat het goed. Soms niet. Zo is het, iedereen kan in de beklaagdenbank terechtkomen. Je vergeet jezelf even, één seconde, één minuut. En je hangt.'
'Een beetje schappelijke rechter zal het je vergeven.'
'Als je een ravage hebt veroorzaakt? Of letsel hebt toegebracht?'
'Dan zal alleen de wet tellen. Artikel zus en zo. Ben je streng als rechter?'
'Een rechter die het vooronderzoek leidt, mag niet over dezelfde zaak oordelen. Als rechter-com-

missaris berecht ik dus niet, anders zou ik mijn eigen werk moeten beoordelen. Maar we hebben een groot tekort aan rechters op het eiland. Ik doe de grote vooronderzoeken, omdat ik er langzamerhand veel ervaring in heb, en ik vonnis zaken die ik niet zelf onderzocht heb. Een dubbelfunctie eigenlijk.'

'Je lijkt me streng.'

'Kon ik het maar zijn. Het ene moment streng, het andere slap, al naargelang mijn stemming. Nee, het gaat om redeneren, om zoveel mogelijk argumenten verzamelen, voor of tegen een bepaalde straf. Een kwestie van afwegen, met de wet als ijkpunt.'

'En niet van iemand eens lekker laten boeten.'

'Straffen is makkelijk. Het wordt moeilijker wanneer je beklaagden wilt laten inzien waaraan ze hun straf verdienen. Als ze hun straf aanvaarden als de logische consequentie van hun wandaad, maakt de zwaarte niet zoveel meer uit. Tenzij het echt jaren scheelt.'

'En als ze het niet aanvaarden?'

'Dan gaan ze in hoger beroep.'

'Natuurlijk. Lang niet iedereen toont berouw.'

'Bij de georganiseerde misdaad stuit je op een muur. De jaloerse man die zijn vrouw neersteekt heeft al spijt op het moment dat hij het mes laat vallen. De beroeps zijn voor de buitenwereld keurige lieden, brave huisvaders die eerst hun kinderen naar school brengen voor ze aan het werk gaan, maar in wezen zijn het misdadigers van het ergste soort.'

'Omdat ze op het grote geld jagen?'

'Erger. Als militairen geloven ze in de perfect

draaiende machine. Hun enige zorg is de organisatie. Hoeveel leed ze toebrengen, doet er niet toe; als het apparaat maar niet hapert.'

'Jij werpt zand in de benzine.'

'Waarna een paar onderdelen vernieuwd worden. Binnen het jaar draait de machine weer.'

'Dan wordt het moeilijk er nog in te geloven.'

'In de rechtsorde? Jawel. Maar onrecht verziekt alles. Daar werd ik me op mijn eiland pas goed van bewust, met Zuid-Amerika om de hoek. Onrecht verwoest levens, onrecht verwoest landen. Ik heb geen frivool beroep, wel een nuttig. Rechteloosheid is...'

'Vuil.'

'Onzeker. Zo onzeker dat niemand meer een stap durft te zetten. Landen waar willekeur heerst, veranderen in een moeras dat zuigt en slokt.'

'Kun je sympathie opbrengen voor mensen die van nature misschien niet slecht zijn maar een stommiteit begaan?'

'Hooguit begrip. Sympathie is even gevaarlijk als antipathie: het vertroebelt het zicht op de zaak. *God*, schreef Spinoza, *verfoeit niemand en houdt van niemand*. Zo zouden rechters ook moeten zijn.'

'Want God is rechtvaardig.'

'Daar kun je ook wel vraagtekens bij zetten wanneer je zijn schepping ziet, maar laten we zeggen dat hij symbool staat voor een onbevangen oordeel. God is niet te beïnvloeden.'

'Dus medelijden is je vreemd.'

'Ieder gevoel leidt af wanneer je tot een weloverwogen oordeel moet komen. Hoewel ik ook maar een mens ben. Het zijn zelden geluksvogels die ik tegenover me krijg. Er kan onwaarschijnlijk veel fout gaan in een leven.'

'En blijf je dat beseffen? Of wordt het routine?'

'Je hebt het allemaal al eens eerder gehoord. Maar ieder leven is een andere combinatie van factoren, en dat maakt het toch weer onvoorspelbaar. En zelfs wanneer het geval gesneden koek voor je is, moet je nagaan of het openbaar ministerie zich aan de rechtsregels heeft gehouden inzake opsporing en vervolging: in hun ijver een verdachte achter de tralies te krijgen, maken de opsporingsambtenaren er soms een potje van, van laag tot hoog. Wettig bewezen betekent nog niet overtuigend bewezen, en ook als iemand schuldig is, moet je je afvragen of hij straf verdient.'

Ze kwam half overeind en draaide zich naar hem toe. Hij ging op de rand van de ligstoel zitten. Ze plantte haar ellebogen op zijn knieën.

'Het is al te laat, Lucas. Het maakt me niet meer uit. Je had ook beul kunnen zijn.'

'Een beul heeft geen enkele invloed op de gang van zaken: hij moet gewoon doen wat hem opgedragen wordt. Dus heeft hij eelt op zijn handen.'

'Een rechter heeft misschien eelt op zijn ziel.'

'Ik had het over de gevaren van gevoel. Niet over onverschilligheid. Als je het per se weten wilt: de rotste dag van een proces vind ik de uitspraak. Wie durft te zeggen dat hij alles tot de bodem heeft uitgezocht? Wie durft te beweren dat hij niet een paar details over het hoofd heeft gezien? Eén enkel feitje kan een heel ander licht werpen op een zaak.'

'Ik ga niet op iemands beroep af maar op iemands ogen.'

En wat bracht je dan bij Hugo? wilde hij vragen. En waarom ga je op ogen af terwijl je zelf inktzwarte pupillen hebt?

En trouwens, wat doe je zelf? Wat deed je voor je je heil in Panama zocht en waarom stel je me vragen die meer over mijn houding en mijn instelling gaan dan over mijn werk?

Maar hij boog zich naar haar toe en drukte zijn lippen op haar wang, op haar voorhoofd, tegen haar hals. En zij liet weer een zacht *mmm* horen.

Gabriela had gelijk; het deed er niet meer toe. Hoe plotseling hun toenadering ook begonnen was, hoe argeloos bijna, het was al te laat. Hij had iets bij haar aangeraakt dat veel minder tastbaar was dan het donzige haar op haar arm, en zij had iedere rede bij hem uitgeschakeld waardoor hij als een benevelde kapitein regelrecht op een haven aanstuurde en alle klippen en zandbanken uit het oog verloor. Hij vroeg zich geen moment meer af wat de implicaties van hun toenadering waren, hij vroeg zich alleen af hoe een vader die wegen in het oerwoud bouwde en een moeder die al evenzeer onder de primitieve omstandigheden geleden moest hebben, zo'n openhartig wezen op de wereld hadden kunnen zetten. Want hoezeer de misdaad en de straf, of meer nog, de troebele diepten van schuld en boete, haar ook leken af te schrikken, ze straalde een oprechtheid uit die hij zelden was tegengekomen. Maar ja, onbevangen was hij niet meer, en hij wist het als rechter: een bevangen geest kan zich vergissen.

12

Als jongen leed hij aan een merkwaardige kwaal. Eens in de zoveel tijd kon hij de slaap niet vatten omdat de persoon die hij in gedachten had reusachtige afmetingen aannam. Hij droomde niet, ofschoon hij de ogen sloot. Hij sluimerde evenmin; hij was juist helder en lucide. Van de persoon in kwestie – meestal een bekende, iemand die hij dagelijks tegen het lijf liep – ging geen dreiging uit; hij was alleen kolossaal. Zijn oneindig vergrote gezicht staarde hem aan. Een neus als een dijk, een mond als een sloot, een oog als een kwelder. Wat hij zag leek hij door krachtige lenzen te zien. Als hij het licht aanknipte, veranderde er weinig in zijn waarneming; de meubelen en voorwerpen in zijn kamer bleven opzienbarend groot. Het duurde soms uren voor ze hun normale proporties terugkregen.

Iets dergelijks deed zich nu voor. Hij zag Gabriela, niet de andere passagiers die op de stoelen rond het zwembad lagen. Hun stemmen gingen verloren in de wind, hun gestaltes losten op in de schaduw die de passaatwolken op het dek wierpen. Zij was er, immens, alomtegenwoordig, en buiten haar was er niemand.

Gabriela hield misschien nog rekening met Hugo en met haar dochters, ofschoon ze haar blik op hem fixeerde en niet eenmaal verontrust het hoofd omdraaide en het dek afspeurde. Voor hem hield de wereld bij de kruin van haar haren op.

Ze waren alleen bij het zwembad, alleen op het schip, alleen op zee. Het was schijn, maar een schijn waar hij geloof aan hechtte, en Gabriela deed geen enkele poging hem uit die waan te halen.

Ze knoopte een pareo om haar middel en vergezelde hem naar zijn hut; ze draaide resoluut de sleutel om toen hij de deur achter haar had dichtgeduwd. Ze sloeg haar armen om zijn heupen, drukte haar lichaam tegen het zijne, niet alleen haar borsten en haar buik, ook haar schouders, haar ribbenkast, haar benen. Hij was er al bijna zeker van dat niemand hem ooit steviger had omarmd.

Zij likte zijn mondhoeken. Hij drukte zijn handpalmen tegen haar konen waardoor haar gezicht nog smaller leek, zij beet op zijn onderlip. Haar nagels priemden in zijn rug, haar tong dook in zijn mond, tot achter zijn verstandskiezen. Hij voelde eindelijk de heftigheid die hij langzamerhand voor illusoir had gehouden en waarop hij, met zijn leeftijd en zijn beroep, niet eens meer had durven hopen.

Ze stootte met haar voorhoofd tegen het zijne.

'We gaan aan land, zo.'

'Als dat mag. San Blas heeft geen haven, het schip blijft op de rede liggen.'

'Dan springen we overboord.'

Ze verliet zijn hut, maar bij de deur draaide ze zich om. Haar tong trok een nat spoor, achter zijn oor, waardoor ze hem met kippenvel achterliet.

Voor de spiegel schudde hij het hoofd.

Hij schoor zich, wat hij die morgen nagelaten had

om eerder aan de ontbijttafel te verschijnen. Hij was al begonnen zijn dagindeling op de hare af te stemmen en hield er rekening mee dat ze altijd vroeg opstond. Hij schoor zich, te haastig, te nerveus; hij sneed zich in de kin. Het stelpen van het bloed duurde hem veel te lang; op weg naar het promenadedek struikelde hij over een touw.

Het water was groen geworden, de zee zo glad dat de deining niet meer voelbaar was op het schip. Een streep land met een plukje palmen. Verderop een ander eiland, schemerend in de nevel. Het derde eiland moest louter uit zand bestaan, zand dat zelfs in het verstrooide licht glinsterde. Een lange sliert eilanden, de meeste te klein om er een huis op te bouwen.

De San Blas – schelpjes die net boven het water uitstaken en hutten op palen.

Mooi.

Maar als hij een barre rots had gezien, zou hij die even mooi hebben gevonden. Alles werd schitterend voor zijn oog, omdat hij weer trilde, vanbinnen.

De Southern Cross ging op een mijl of drie van het grootste eiland voor anker. Nauwelijks was de ketting gevierd of dertig, veertig prauwen kwamen op het schip af. Terwijl ze uit alle macht pagaaiden, stootten de indianen nasale klanken uit die als paukenslagen over het water echoden.

De pater, de antropoloog en een paar handelsreizigers maakten zich gereed om van boord te gaan. Hij informeerde bij een steward of het mogelijk was om even aan land te wippen en kreeg als antwoord dat het schip over drie uur weer vertrok, met of zonder hem.

Na de pater en de antropoloog en de vertegenwoordigers liep hij de valreep af om onderaan in een prauw over te stappen. Hij moest wachten tot de volgende prauw langszij kwam; onderwijl huppelde Gabriela de loopplank af, met sprongetjes die de maat aanhielden van het verende hout.

Eenmaal beneden sloeg ze haar armen om zijn middel en drukte zich tegen hem aan. Hij voelde haar buik tegen zijn billen.

Hoog boven de valreep boog Hugo zich over de reling. Hij zag wat er gebeurde, maar draaide het hoofd af, bedaard, alsof het weinig om het lijf had en hij zich best zorgen wilde maken, maar niet uit jaloezie.

Gabriela ging achter hem in de prauw zitten en gebood de bootsman weg te varen. De indiaan weigerde omdat er nog drie bankjes in de prauw vrij waren. Ze verloor haar geduld, baste '*vamos, vamos*', waarna hij sloom zijn pagaai pakte en de boegroeier toeriep weg te peddelen.

Als hij nog even getreuzeld had, zouden Victorina en Eleonora in de boot zijn gesprongen. Halverwege de valreep riepen ze hun moeder iets toe. '*Qué? Qué?*' riep Gabriela terug. Door het geschreeuw van de pagaaiers kon hij haar dochters evenmin verstaan, maar bij Gabriela vermoedde hij hardhorendheid.

Zelfs haar dochters konden haar niet meer vermurwen. Iedereen moest wijken, voor hem. Een sterker bewijs had ze niet kunnen leveren, een bewijs waarvan hij, als hij eerlijk was, schrok. Ze draaide er niet meer omheen, ze verborg het niet langer, ze koos onvoorwaardelijk voor hem. Maar haar '*qué*' had wel erg onverbiddelijk geklonken.

Op het eerste eiland dat ze passeerden, een langgerekt eiland, stonden slechts kokospalmen, geen hutten. Het lag dicht bij de kust. Voor hun oog bleef het vasteland uit lucht bestaan, uit zinderende nevel.

Boven het volgende eiland stak een stalen toren uit, een radarinstallatie van het Amerikaanse leger uit de Tweede Wereldoorlog. Gabriela stelde er geen belang in – die oorlog speelde zich grotendeels buiten de Zuid-Amerikaanse horizon af, en wat daarbinnen lag, was al bitter genoeg om te verwerken.

Het derde eiland mochten ze niet te dicht naderen, omdat de doden hun rust verdienen: het was de begraafplaats van de indianen. De bootsman vertelde dat de Kuna hun doden in hun hangmat begraven, wat Gabriela allerminst verbaasde: toen ze als meisje een paar weken bij een oom en een tante in de hoofdstad doorbracht, nam ze haar hangmat mee, die ze in het appartement in Buenos Aires nergens kon ophangen. Dus hield ze siësta op bed, maar wel in haar hangmat gewikkeld.

Ze trok haar muts dieper over haar voorhoofd, een met brede mazen gebreide wollen muts waarvan ze de klep kon uitrollen, al naargelang de stand van de zon. Als hij zich omdraaide, zag hij een gezicht dat uit schaduw en een zonnebril bestond; alleen wanneer ze haar hoofd ophief, viel er een lichtvlek op haar kin en haar mond.

Een smalle mond met brede lippen. Ze trok haar bovenlip een stukje op waardoor haar middelste boventanden zichtbaar werden. Een van die tanden was iets witter dan de andere, een stift die ze ongetwijfeld na het ongeluk, dat ook de littekens op haar voorhoofd had veroorzaakt, in haar mond had laten zetten.

Op het volgende eiland, een van de grotere, gingen ze aan land. De pagaaiers bleven in de prauw achter. Gabriela waadde door het water, dat vol wier zat en aan haar kuiten kriebelde. Ze ging op het strand zitten, kruiste met een wonderbaarlijk gemak haar benen en keek strak voor zich uit, tot de zandvlooien zich in haar voeten zogen. Hij trok haar overeind, maar direct daarna liet ze zijn hand los.

Ze waren werkelijk alleen nu, ver uit de buurt van Hugo, ver uit de buurt van haar kinderen. Na de volgende bocht van het strand verdwenen ook de pagaaiers uit het zicht, en uitgerekend nu leek ze hem te willen mijden.

Terwijl Hugo over de reling boog, had ze haar arm om zijn middel geslagen. Wilde ze die koele, ongrijpbare Hugo tarten? Moest hij voor zijn onaandoenlijkheid of zijn gebrek aan toewijding boeten? Of voor iets ergers, ontrouw, een heimelijke relatie, toewijding voor een andere vrouw? Of was Gabriela uiteindelijk ook tot de slotsom gekomen dat ze wel erg onverbiddelijk was geweest toen ze haar kinderen toesnauwde?

Ze liepen naar de prauw terug. Haar zwijgen maakte hem onzeker.

Ze voeren weg.

Nadat ze weer een eiland gepasseerd waren, boog Gabriela zich voorover, legde haar rechterarm op zijn schouder en strekte die zo ver mogelijk naar voren. Dat wilde ze dus nog wel: dat hij haar arm streelde.

Hij ging andersom zitten, met zijn rug naar de boegroeier toe. Zijn knieën raakten de hare. Hij pakte haar hand, betastte de ring aan haar wijsvinger, een granaatsteen waaromheen een krans van markasiet was gesmeed. De ring van haar moeder of haar grootmoeder of een ring die Hugo haar geschonken had, toen hij nog beminnelijk glimlachte in plaats van flegmatisch te grijnzen.

Ze dook ineen, alsof ze zichzelf kleiner wilde maken.

'Wat zit je dwars?'

Ze haalde haar schouders op.

'Het gaat wel weer over.'

Een moment van wroeging, een moment van spijt. Het was allemaal te snel gegaan, de gebeurtenissen hadden haar overrompeld.

Hij probeerde begrip te tonen, maar het waren kostbare minuten die ze verknoeiden en hij kon zijn teleurstelling nauwelijks verbergen.

'Terug naar het schip,' beval ze de pagaaiers.

Terug naar hem, dacht hij. Terug naar haar kinderen, terug naar haar plichten.

En hij? Hij zou weer worden wie hij was: een rechter die nog altijd bezig was het spuug van zijn toga te verwijderen.

13

Ze klommen aan boord.

'Kom zo dadelijk, voor het eten...' hijgde Gabriela op de valreep, 'iets drinken bij ons in de hut.'

Met *ons* bedoelde ze niet langer hem en haar. *Onze* hut was de hut waar hij niet thuishoorde. *Bij ons* was bij Hugo en haar dochters.

Dit was haar andere kant, de harde, de schampere, de ongevoelige. O natuurlijk, het waren woorden die haar in de mond bestorven lagen, die ze thuis in Panama duizenden malen had uitgesproken, zonder erbij na te denken. Het stemde hem nauwelijks milder. Door zo nadrukkelijk *bij ons* te zeggen, drong ze hem in de rol van de buitenstaander die nog half mocht meespelen, al naargelang de omstandigheden.

Drinken met Hugo. Drinken als een goede huisvriend van de familie. Alleen het idee al vond hij gênant.

Hij stapte aan dek, schudde het hoofd en zei: 'Tenzij ik ervoor in de stemming ben.'

Zijn antwoord had veel stelliger moeten zijn.

Nee.

Bij hén had hij niets te zoeken, alleen bij háár, en als het verschil haar ontging, had hij bij niemand iets te zoeken.

In zijn hut bleef hij een uur op bed liggen en staarde naar het plafond, met allengs grimmiger gedachten. Toen nam hij een douche, borstelde zijn haren en trok schone kleren aan.

Hij voelde weer iets. Haar vingers. Haar lange smalle vingers die cirkeltjes draaiden in de haartjes onder op zijn rug. En haar nagels, die diep in zijn vel drukten.

Wachtend op de lift werden zijn benen zwaar. Waar begon hij aan? Doen alsof zijn neus bloedde was een kunst die hij maar matig verstond.

'Binnen,' riep Hugo.

'Ah, Lucas.'

Geen greintje rancune, geen schrammetje geschonden ijdelheid.

'Wijn, bier, whisky?'

Hij snakte naar een borrel maar koos voor bier, omdat hij er liters van moest drinken voor hij er overmoedig van werd.

'Als je blijft staan, durf ik ook niet te gaan zitten.'

Niets laten blijken. Ieder gevoel verbergen. Aanvaarden dat je nooit een claim op iemand kunt leggen, ook al gaat het om de vrouw met wie je sinds mensenheugenis samenleeft. Misschien had hij wel gelijk: het domein van de liefde is het laatste waarin de wereld middeleeuws is gebleven... Als hij Lancelot was, dan weigerde Hugo in de huid van King Arthur te kruipen.

Lucas zakte diep weg in de armstoel.

'Hoe waren de eilanden?'

'Idyllisch.'

'Was ik al bang voor.'

Toch nog enig venijn. Maar het ijskastje trok hij met een bedaard gebaar open.

Onze hut.

Hij nam die hut eens goed in zich op. De hut waarnaar Gabriela iedere keer terugkeerde wanneer ze hem alleen op het dek had achtergelaten, waar ze op adem kwam en haar gedachten ordende, waar ze weer de moeder van haar kinderen werd en de vrouw van haar man.

De hut van de Obrizki's was een salon. Nergens staal; hout voor de wanden, donker hout, als in de scheepsbibliotheek, als in de kaartenkamer. Hout tegen het plafond, hout rond de patrijspoorten, als om te verdoezelen dat het schip een schip was.

De patrijspoorten waren niet rond, zoals in zijn eigen krappe hut waar hij op zijn knieën op het bed moest zitten om naar buiten te kunnen kijken, maar rechthoekig, en hoewel de zon inmiddels achter de einder was verdwenen, hoefden de lampen nog niet aan. Door de fauteuils met bloemmotief, de salontafel en het bureau, straalde de salon de voornaamheid uit van een laat-negentiende-eeuwse hotelkamer.

Zo was het destijds, herinnerde hij zich uit de albums die hij met schepen volplakte: Duitse passagiersschepen leken van binnen op operagebouwen, Franse en Italiaanse op mondaine restaurants die fonkelden van het kristal en Engelse op tot hotels omgetoverde kastelen.

De gravures aan de wand toonden ingekleurde schoeners die zuidelijke zeeën bevoeren met een enkele palm aan de kim. Alles verwees hier naar voorbije tijden, alleen de wanorde probeerde die indruk weg te nemen. Op de grond lagen handdoeken en T-shirts van de kinderen, onder de salontafel hoopten de haastig uitgetrapte schoenen zich op. Wat wilden de Obrizki's ermee aantonen? Dat ze zich, jong als ze nog waren, absoluut niet aan rommel stoorden?

Gabriela stapte de salon binnen. In haar witte broek en haar witte shirt met korte mouwen leek ze weinig ouder dan Victorina. Gympjes, en ook nog eens met de veters los: haar dochter zou het haar niet verbeterd hebben.

Een dikke laag pancake verborg de littekens op haar voorhoofd. De wimpers op haar oogleden waren langer dan normaal – ze moest ze geduldig aangezet hebben met een mascaraborsteltje. Haar haren waren glad naar achteren getrokken, wat de smalheid van haar gezicht accentueerde.

Een knikje, weinig verrast.

'Toch gekomen. Ik dacht dat je bezweken was onder de hitte. Wat was het warm, zo vlak boven het water...'

Net Hugo, dacht hij. Niet nerveus, niet timide; onaangedaan. Toeval bestaat, behalve in relaties.

De drie meisjes lagen in het aangrenzende vertrek op het bed van hun ouders naar een video te kijken. Hugo, die een verschoten spijkerbroek droeg en op blote voeten liep, reikte hem het glas aan. Voor zichzelf schonk hij witte wijn in, voor Gabriela ook, zonder haar te vragen waar ze trek in had.

Ze hieven het glas.

'Dit,' zei Hugo, 'was oorspronkelijk de hut van de kapitein. Geheel in de oorspronkelijke staat gelaten. Aan dat bureau daar hield de gezagvoerder zijn logboek bij. Het komt uit een Engels klooster; vóór de opeenvolgende kapiteins hebben er monniken aan zitten schrijven. Die symboliek bevalt me wel; naar zee gaan is immers net zoiets als een gelofte afleggen. Als ik achter dat bureau plaatsneem, voel ik eeuwen afzondering.'

Of de straf die kuisheid heet. Het was misschien maar een indruk, ingegeven door de wens dat het zo zou zijn, maar het leek Lucas sterk dat er nog enig vuur in het huwelijk van de Obrizki's smeulde.

'Hugo wilde eerst niet varen,' zei Gabriela. 'Zo snel mogelijk met het vliegtuig terug. Maar toen de meisjes hem omgepraat hadden, wilde hij de mooiste hut hebben.'

'Ach, als je het kunt betalen...'

'Mijn beroep heeft veel nadelen, maar dát is het probleem niet.'

'Welke nadelen?'

'Eentonigheid. Mond open en daar gaan we weer. *Als u pijn voelt, moet u het zeggen.* Door pijn gaan alle mensen op elkaar lijken. Maakt niet uit wie er in de stoel zit, een man, een vrouw, een kind of een bejaarde, allemaal krijgen ze iets smekends in hun ogen. *Alsjeblieft, mag ik hier snel weer weg.*'

Hij had het kunnen vermoeden. Tandarts, een beroep dat als een gouden kroon bij zijn kunstmatige glimlach paste.

'Vergeleken met wat Lucas als rechter meemaakt,' zei Gabriela, 'valt het nog wel mee. Straffen uitdelen zal pijnlijker zijn dan een rotte kies uit een verdoofde kaak trekken.'

'Maar tegen het schorriemorrie hoef je niet aardig te zijn.'

En dat zat Hugo kennelijk het meest dwars: dat hij nooit eens even lekker diep door kon boren, pal boven een zenuw.

'Het voordeel van jouw beroep is,' zei Lucas, gespeeld vleiend, met de blik op Hugo gericht, 'dat je het overal kunt uitoefenen. Ik kan nog naar het Europese Hof of terug naar Nederland, maar daar houdt het wel mee op.'

'Het was een geluk bij een ongeluk. Zonder meer. Toen we weg moesten, was ik nog lang niet klaar met mijn studie. In Panama kon ik de draad weer oppakken. Daarna een jaar in de States, om af te studeren. Voor Gaby was het allemaal moeilijker.'

Het was de eerste keer dat hij hem dat koosnaampje hoorde gebruiken.

Gáby.

Gáby refereerde aan een verleden waar hij geen vat op had. Gáby was wie ze ooit geweest was. Gáby kende hij niet, en zou hij nooit leren kennen. Gáby klonk hem even vernederend in de oren als *ons*.

Gabriela knikte, met een zekere voldaanheid, alsof ook zij verrast was door het vertroetelende karakter van de lettergrepen die Hugo nu ineens weer op haar afvuurde, als de kogels uit een geheim wapen waarop hij zuinig was, omdat hij wist dat ze feilloos doel troffen.

'Ja, ik kon alleen nog lesgeven.'

'In wat?'

'Voor klein grut. Terug naar af.'

Victorina stapte de salon binnen. Ze droeg een ijzingwekkend kort broekje, waardoor het niemand kon ontgaan hoe bruin haar lange benen tijdens de reis waren geworden.

'Mag ik ook een slokje?'

Haar vader reikte haar het wijnglas aan, dat ze in één teug leegdronk. Na die proeve van volwassenheid keerde ze naar haar zusjes terug, in het aangrenzende vertrek.

Hugo krabde aan zijn stoppelbaard. Gabriela nam haar tweede slok wijn en zette het glas gedecideerd op de salontafel, alsof ze vergif dronk. Ze stond op en schoof de deur open.

De hut van de Obrizki's lag aan de voorkant van de opbouw, net onder de brug. De schuifdeur gaf toegang tot een balustrade.

'De zee wordt ruw,' zei ze. 'Kijk maar.'

Lucas stond op en volgde haar naar buiten.

'Voor deze kusten gaat de zee altijd tekeer. De wind waait constant uit dezelfde richting: noordoost-oost. Het water kan nergens meer heen en hoopt zich hier op. Het is een kwaaie hoek.'

Hugo bleef in de salon achter.

Ze legde haar handen op de rand van het schanskleed. Haar vingers omklemden het ijzer alsof ze zich wilde vastklampen. Toch slingerde het schip nog niet, daarvoor moest het woestere zeeën bevaren.

'Fijn dat je gekomen bent. Ik vermoedde dat je liever over de dekken zou dwalen. Wat trekt je zo aan in de zee?'

Dit was de andere Gabriela, de Gabriela die naar vertrouwelijkheid zocht en maar een paar woorden nodig had om dat doel te bereiken.

'De beweging. Iedere golf herinnert je er weer aan dat je vertrokken bent.'

'Weg.'

'Wat feitelijk de laatste vrijheid is. Het gevoel dat je er altijd nog vandoor kunt gaan en alles wat je zat bent achter je kunt laten.'

'Zo voel jíj het, omdat niets je verhindert terug te

keren. Anders wordt het een bedroevend lot.'

'Het lot moet je gewoon aanvaarden, als kou of hitte of als de beweging van de zee. Pas als je het gaat betreuren of als je je ertegen gaat verzetten, wordt het ondraaglijk.'

'Je weet niet waarover je het hebt. Voor jou is het een vrijwillige keuze.'

'Misschien. Ik vraag me dikwijls af hoe vrij een mens in zijn wil is.'

'Hoezo? Geloof je dat alles voorbestemd is?'

'Ik doel op lusten en verlangens en instincten.'

'Dat iedereen slachtoffer is van zichzelf?'

'Niemand besluit op een goede dag te gaan moorden. Hij doet het. Niemand besluit op een goede dag verliefd te worden. Het overkomt hem.'

'Zelfs wanneer hij zich ertegen verzet.'

'Dat stadium is dan al gepasseerd. Hij kan zich er niet meer tegen verzetten.'

Ze keek hem even aan en toen weer recht voor zich uit. Ze keek hem nog een keer aan, vervolgens zochten haar ogen de zee weer op die zich voor het schip uitstrekte.

'Voor ons, Zuid-Amerikanen, is alles chaos; voor ons bestaat het redelijke slechts als een onbereikbaar ideaal. Ik dacht dat jullie, uit het noordwesten van Europa, veel meer op het gezonde verstand vertrouwden.'

'Als iedereen zich daardoor liet leiden, zou ik werkloos worden.'

'En zou je nu alleen in je hut zitten.'

'Ook dat.'

Maar het beste bewijs lag in zijn blik. Met een beetje gezond verstand zou hij niet voor de zoveelste maal naar haar armen kijken, in afwachting van het moment dat ze het koud zou krijgen.

Een huilende Monica trok haar mee naar binnen.

'Ik heb honger, mam.'

'Je hebt trek in taartjes, bedoel je.'

Ze sprak soms even bits tegen haar kinderen als tegen haar man. Alleen wanneer ze met hem praatte, klonk haar stem warm en laag, en kwam er een vragende blik in haar ogen, alsof hij door een plotselinge ingeving de woorden zou vinden die haar twijfels konden wegnemen.

14

De vloer van de eetzaal trilde. De glazen rinkelden, het vaasje met tropische bloemen viel om.

Hij schoof zijn stoel dichter bij de tafel en zette zich schrap.

Victorina drukte het servet tegen haar mond, Monica slikte met veel water haar misselijkheid weg, Eleonora vroeg zich hardop af waarom de passagier die opstond zo haastig door een ober werd weggeleid.

'De wet van de suggestie,' zei Hugo. 'Als er één begint te kotsen, kotst de hele zaal.'

Gabriela duwde haar schoen tegen de zijne, wat hij als een blijk van vertrouwelijkheid opvatte, als een knipoog onder tafel, die hij terstond beantwoordde door even hard terug te duwen. Haar voet duwde krachtiger. Hij gaf zich gewonnen, zij schopte haar gymschoenen uit. Met haar tenen schoof ze zijn broekspijp omhoog, tot halverwege zijn kuit.

Aan zijn andere zijde zat Victorina. Om te voorkomen dat ze iets zou merken, schoof hij de stoel verder naar voren, tot zijn maag de tafel raakte. Het eten smaakte hem niet meer.

Gabriela had haar bord al meegegeven aan de ober, nadat ze slechts twee hapjes van de zalm had genomen. Met de wreef van haar voet streek ze langs zijn kuit. Hij kon zich haast niet voorstellen dat die nijvere voet onder tafel vastzat aan een lichaam dat boven tafel uit marmer gehouwen leek. Boven tafel zat ze er als een toonbeeld van ingetogenheid bij. Die aaiende voet kon hij ook niet rijmen met de Gabriela die de hele middag nurks voor zich uit had zitten kijken op het bankje van de prauw, niet wetend wat ze doen of zeggen moest. Zwijgzaam op het verlaten eiland, in zichzelf gekeerd met hem als enig gezelschap, spraakzaam op de balustrade voor haar hut, verleidelijk onder tafel. En dan was er nog Gáby...

'Goed nieuws,' zei Hugo om zijn dochters wat op te beuren. 'Vanavond speelt het Cubaanse orkest in de grote zaal.'

'Dansen,' riep Victorina, 'dan voelen we de zee niet meer.'

'Hoe laat?' vroeg Eleonora.

'Om een uur of negen.'

'Hebben we nog alle tijd om ons op te maken.'

'Als je het maar laat.'

'Moet jij zeggen. Met die baard van je, die je stoppel voor stoppel knipt.'

'In ieder geval trekken we andere kleren aan,' zei Gabriela. 'En andere schoenen.'

De nagels van haar tenen drukten in zijn vel. Hij boog zich voorover. Zijn servet was op de grond gevallen, hij wilde het oprapen, maar voor hij het pakte, greep hij haar voet beet en kneep er in. Toen schoof hij zijn broekspijp naar beneden, viste het servet onder zijn stoel vandaan en legde het met een resoluut gebaar op tafel. Even resoluut schoof hij de stoel naar achteren en stond op.

Hij liep het dek op, alleen.

Niemand is één persoon, iedereen heeft meerdere gezichten. Als hij van Gabriela eenduidigheid verwachtte, moest hij nog eens nagaan door welke gedachtekronkels hij haar aandacht had getrokken. Toch kon hij er niet langer blind voor blijven dat Gabriela vooral toeschietelijk werd wanneer Hugo in de buurt was, alsof ze zich juist door zijn aanwezigheid liet aanmoedigen.

Hij liep zo ver mogelijk naar voren.

De golven braken op de boeg, spoten als hoge zuilen op en verpulverden tot gipswitte wolken die de wind uiteenjoeg. Het schip reageerde even willoos op het geweld van de zee als de kleinste kustvaarder, het dook steeds dieper in de golven weg, het schudde en bonkte, het slingerde en kraakte.

Niets geeft vertrouwen op zee. In een landschap kun je nog altijd de ordenende mensenhand onderscheiden, door een weg, een sloot, een akker. Op zee zie je alleen die woeste ledigheid.

De zee is er voor de twijfelaars, voor de wankelmoedigen die zich van bik- naar bakboord laten smijten zonder zich ertegen te verzetten, omdat ze in hun wensen en verlangens eenzelfde beweging ondergaan. De zee reduceert zekerheden, tot alleen huiver overblijft.

Het leek hem sterk dat er bij dit weer gedanst kon worden; om simpelweg te lopen moest hij zich aan de reling vastgrijpen. Hij vroeg het aan een bootsman, die controleerde of de touwen rond de dekstoelen stevig aangetrokken waren.

'Zo dadelijk klappen we de stabilisatievinnen uit. Slingert het schip niet meer. Het scheelt wel een knoop of drie in de snelheid en we liggen al op het vaarschema achter. Het alternatief is dat we alle hutten en gangboorden moeten schrobben, ik zag de eersten al over hun nek gaan. Bij grondzeeën wordt het altijd een troep aan boord. Afleiding is de beste remedie, dan vergeet iedereen zijn maag.'

Het vage gebas dat hij opving moest de stampende swing zijn waarmee het Cubaanse orkest inzette. Van het volgende nummer drong nog minder door de stalen wanden heen, hoewel hij verrassend genoeg een complete toonladder op de piano hoorde.

Radio La Havana, op de lange golf. Negentienzevenenvijftig, zijn laatste verjaardag op Curaçao. Fifi hing het verlengsnoer aan de takken van de bomen, Haime zeulde met het zware notenhouten radiotoestel door de tuin en zette het op de tafel onder de kapokboom. Voor muziek, voor de opzwepende althans, voor de vrolijke en de schetterende, stemden ze in die jaren af op Radio La Havana. Het waren ook altijd Cubaanse muzikanten die op de grote feesten speelden of tijdens de parade van het carnaval. Toen hij naar het eiland terugkeerde, waren ze verdwenen en leefden ze alleen nog in de herinnering voort. Tot ze plotseling weer opdoken, op Curaçao en de andere Caraïbische eilanden, ingehuurd door banken en bedrijven die iets groots hadden te vieren. Stramme mannen, al bijna verkalkt, die duidelijk lieten horen dat ze zich nog één keer wilden uitleven voor ze hun laatste adem in het koperen mondstuk zouden blazen. Die vitaliteit zou hij bij zichzelf moeten terugvinden.

Het dek trilde zwaar. Hij voelde een schok, als in een vliegtuig wanneer het landingsgestel wordt uitgeklapt. Het schip bolderde nog even; toen kon hij de reling loslaten; het gegier en geslinger was voorbij.

Hij liep naar het middenschip en eenmaal in de grote zaal zocht hij naar een smal gezicht, een lange hals en een paar donkere ogen.

Het waren vooral haar blote schouders die opvielen.

Tussen de tafeltjes door laveerde hij op Gabriela af. Met een gebaar richting dansvloer vroeg hij haar ten dans.

Ze kwam niet direct overeind uit haar stoel, ze kwam pas overeind toen Hugo haar met een kort knikje zijn toestemming had gegeven. Als een kind, dacht hij, als een kind dat de straf van haar draconische vader vreest.

Hij verstond niet goed wat ze zei toen ze haar arm om zijn middel sloeg en hij haar naar de andere kant van de dansvloer leidde, zo ver mogelijk bij haar man en haar kinderen vandaan. Eerder. Was dat het? Dat ze elkaar eerder hadden moeten ontmoeten?

Verliefden verzoenen zich nooit met de tijd. Als ze samen zijn, komen ze tijd te kort; als ze dagen met elkaar doorbrengen, proberen ze zich voor te stellen hoe het geweest was als ze elkaar eerder hadden leren kennen, veel eerder.

'Of nooit.'

'Nee, eerder.'

'Wat had het uitgemaakt?'

'Jaren onverschilligheid.'

Hij had er even niet van terug. Het was een hard oordeel dat ze velde, over haar man, over haar huwelijk, over de loop die haar leven genomen had. Te hard wellicht, zo hard dat hij aan haar oprechtheid twijfelde.

'En waar hadden we elkaar moeten ontmoeten?'

'In Panama. Of eerder nog, in Buenos Aires.'

'Voor je Hugo kende. Beter inderdaad. Dan had je hem daarnet niks hoeven te vragen.'

'Ik...'

Haar mond kwam zo dicht bij zijn oor dat hij haar hoorde slikken.

'Ik wil hem niet verder kwetsen.'

'Het lijkt er soms op of je dat juist wel wilt doen.'

'Hij heeft me uit de nesten geholpen. Ooit. Eerst was ik hem daar oneindig dankbaar voor, naderhand begon het me te irriteren. Hij had de juiste dingen gedaan, ik de verkeerde. Van het begin af aan was de verhouding scheef. Je kunt een hekel krijgen aan je redder. Steeds vaker vroeg ik me af waarom hij het gedaan had, wat zijn ware bedoelingen waren geweest. Als hij me aan mijn lot had overgelaten, was ik hem tenminste niets verschuldigd geweest. Op den duur wordt dankbaarheid een vorm van onderdanigheid. Ik ging me ertegen verzetten. Van onze dochters vroeg ik me af of ze in wezen niet zijn dochters waren. Niets mocht me meer met hem verbinden. Maar het was vechten tegen een denkbeeldige tegenstander. Je kunt iemand moeilijk lef verwijten, zeker niet wanneer hij het op een vanzelfsprekende manier heeft getoond, zonder zich erop voor te staan.'

'Hoe heeft hij je gered?'

Het was, bedacht hij achteraf, de juiste vraag. Niet waarvan, nee, hoe – de actie zelf.

'Hij kreeg me vrij. Mij, en wat belangrijker was, mijn hele familie... mijn vader, mijn moeder, mijn broers en mijn zuster, die door mij in de cel waren beland.'

'Wat had je misdaan?'

'Niets. Een stommiteit. Ik wil er niet meer aan denken. Vraag er niet verder naar. Dans alleen.'

Ze pakte zijn hand beet en trok zijn arm strakker om haar middel. Bij iedere pas leek ze lichter te worden, smaller, soepeler.

Het orkest speelde een lome bolero die hij nooit eerder had gehoord maar die zij, afgaande op de bewegingen van haar heupen en haar schouders, maat voor maat kende. Ze wisselde even snel van stemming als ze van kleur verschoot; als het bloed uit haar wangen wegtrok werd ze wasachtig bleek, nu ze het door het dansen warm kreeg, trok de donkerste tint bruin tot ver in haar hals, alsof ze dagen achtereen in de zon had gelegen.

Een stommiteit.

Wilde hij er meer over weten? Of later pas?

Op Curaçao had hij eens een oude man ondervraagd die alles bekende wat hij op zijn kerfstok had, zonder er een verklaring voor te geven. Na lang aandringen keek de man hem eindelijk recht in de ogen en zei: 'Ach mijnheer, u heeft er geen idee van hoe de vrouwen daar zijn.' Met een hoofdknikje wees hij door het hoge raam naar buiten, naar het continent dat bij een bepaalde weersgesteldheid achter de passaatwolken vandaan komt en de gehele horizon vult, alsof het pal voor het eiland ligt. Veel meer wilde de man niet kwijt. U, edelachtbare, leek hij te suggereren, u komt uit Europa, u komt uit het noorden, u zult toch nooit doorgronden waardoor ik op een beslissend moment in mijn leven mijn koelbloedigheid verloor. Lucas had begrip geveinsd, maar nu pas drong het goed tot hem door wat de man bedoelde.

Gabriela drukte haar kin in zijn schouder. Haar haren, die licht krulden en glinsterden van de lak, raakten zijn wang.

Het orkest versnelde het ritme en onderbrak het met een paar staccato-achtige akkoorden.

'Ai ja, een *guaracha*.'

'Tumba guaracha.'

'Dansen ze die op jouw eiland ook?'

'Op alle eilanden. Komt uit Congo. De eerste slaven hebben het ritme meegenomen naar Andalusië. Het bleef in hun voeten zitten toen ze naar Hispanola, Cuba en Curaçao werden vervoerd, ondanks de kettingen aan hun enkels.'

'Heel goed. In theorie althans.'

Met een kniestoot gaf ze aan dat hij veel kleinere pasjes moest maken.

'Sneller.'

'Lang niet geoefend.'

'Sneller, sneller.'

De trompetten schetterden; de piano zweepte het ritme op.

'Bijna.'

Toen vroeg ze, met een stem die twee octaven lager klonk: 'Wat is het nummer van je hut ook alweer?'

Hij speurde de zaal af. Hugo danste met zijn oudste dochter en stond met zijn rug naar hem toegedraaid. Hij keek Gabriela aan, knikte, liet haar los en verliet de zaal, aan de overzijde, waar het licht rood was en opaak.

15

Hij hield het op betovering, op een kracht die sterker was dan hijzelf, sterker dan zijzelf. Alles pleitte tegen hen, niets kon hen weerhouden. Zij wilde hem, hij wilde haar; op de maat van dat refrein verliet hij de feestzaal.

Maar in de schel verlichte gangen die naar zijn hut leidden, vroeg hij zich af waardoor hij zich liet verblinden. Natuurlijk zou ze niet achter hem aan hollen. Ze kon het niet, tenzij ze Hugo nog dieper wilde kwetsen, en ze kon het vooral niet omdat haar dochters al gauw zouden merken dat ze ervandoor was gegaan.

Gabriela had een bewijs gewild, het bewijs dat ze nog precies even aantrekkelijk was als ze van zichzelf vermoedde. Hij had het haar geleverd; meer hoefde ze niet te weten. Einde van de flirt, met een innige guaracha als apotheose. Inmiddels moest ze een zoete bolero met Hugo dansen, of zat ze weer keurig aan het tafeltje, tussen haar meisjes in.

'Nog een colaatje?'

'Met veel ijs, mam.'

Hij zeeg op de rand van het bed neer, trok de veters van zijn schoenen los, deed zijn schoenen en zijn sokken uit en staarde naar zijn tenen.

Hugo. Ach die Hugo zou haar wel weer voor een dwaze dwaling behoeden door de rust zelve te blijven. Verstandige man, even verstandig als hijzelf was geweest voor hij het op zijn heupen kreeg.

Hij masseerde zijn kleine teen, die lichtelijk beklemd had gezeten in zijn schoen, en schrok van de deur die openzwaaide.

Tijd om op adem te komen gunde ze zich niet. Het was alsof ze de wind meegenomen had, van buiten. Kracht zeven, met uitschieters naar acht. Wervelend kwam ze op hem af, hijgend drukte ze zich tegen hem aan.

'Ontsnapt.'

De deur viel met een dreun dicht.

'Zeg dan iets.'

'Wat wil je horen?'

'Dat je op me wachtte.'

Hij wees naar zijn schoenen: die had hij in ieder geval al uitgetrokken, in afwachting van haar komst. Als hij het gezegd had, zou hij gelogen hebben; als hij haar tegengesproken had, zou hij geen recht hebben gedaan aan de opwinding die hij voelde.

Ze duwde hem achterover op het bed, trok de riem van zijn broek los, kwaaiig, omdat ze zich tijdens het dansen al aan de gesp geërgerd had, die in haar buik priemde. Ze ritste de broek open, schoof hem naar beneden, eerst met haar handen, toen met haar voeten. Nee, hij had er geen idee van hoe de vrouwen van daar waren. Of stampte haar hart als het zijne en wilde ze vermijden dat hij het merken zou?

Hij knoopte zijn overhemd open. Na een aai over zijn borst sprong ze overeind, ging op het bed staan, stootte haar hoofd tegen het plafond, riep: 'Wat laag hier', liet haar jurk naar beneden glijden, de lange jurk van witte zijde die zo dun was dat hij allang wist dat ze er niets onder droeg. Tijdens het dansen had hij nergens een rimpel gevoeld, nergens de elastieken band van een bedeesd slipje, nergens een plooi... Zonder die jurk was ze niet veel naakter dan in die jurk; hij had haar evengoed met die jurk aan kunnen beminnen, maar dan zou hem niet direct opgevallen zijn hoe onderkoeld haar lichaam aanvoelde.

Hooguit vier minuten had ze hem gegund, hooguit vier minuten om te bedenken dat ze tegen Hugo opgekeken had voor ze zich aan zijn onverschilligheid was gaan ergeren. Hugo had niet geaarzeld toen zij zich in de nesten had gewerkt, Hugo had de juiste stappen ondernomen om haar en haar hele familie vrij te krijgen. Dat onaangedane van hem was haar destijds goed van pas gekomen...

En verder? Verder kwam hij niet; ze lag al boven op hem.

Haar billen pasten precies in de palmen van zijn handen. Kleiner konden billen niet zijn, niet van een volwassene althans. De billen van twaalfjarige, van Annie. Ach nee, onzin, die van haar had hij nooit aangeraakt. Billen die nog kouder aanvoelden dan haar buik en haar rug, die ver uiteen weken, alsof ze niets met elkaar te maken wilden hebben, die nooit aan elkaar vastplakten, in welke hitte dan ook.

Zijn handen gleden naar haar schouders, over een huid die gelooid was door de zon van Misiones, of door de gure wind van de pampa die in de winter door de straten van de hoofdstad snerpte. Of waren de winden van Buenos Aires juist zacht en vochtig?

Hij zocht tastend verder naar de sporen die het

landschap op haar lichaam hadden achtergelaten, en voelde vooral kou.

Gered... Het woord zweefde toch nog door zijn geest. Hij wuifde het weg, bang dat het zou beklijven, bang dat het vat zou krijgen op zijn geweten. Betovering was een veel beter woord, omdat het alles excuseerde, zelfs het ondoordachte.

Haar vingers masseerden zijn buik. Zachtzinnig was ze niet; wat als een streling begon, eindigde met knijpen. Ze joeg hem het bloed door de aderen. Zo beminde je dus wanneer je in het oerwoud was opgegroeid, zo verdreef je de angst om weg te kwijnen, zo vermande je je tegen blohartigheid. Hij liet zich niet verleiden hetzelfde te doen, hij koesterde haar, met dat warme lichaam van hem, een warmbloedigheid die hij altijd toegeschreven had aan de felle zon waaronder zijn leven begonnen was. Kennelijk gold dat niet voor ieder lichaam; zij was onder een even felle zon geboren en haar lichaam bewaarde een Patagonische kou. Hij koesterde haar omdat hij haar elan een beetje wantrouwde; haar onstuimigheid kon evengoed op een laatste drempel duiden die ze nog over moest en die ze alleen stormenderhand kon nemen, hoewel ze zelf een andere indruk wilde wekken.

'Ik wist het,' zei ze, 'ik wist het.'

Alsof hij de bevestiging van een vermoeden was.

Hij zoog haar tong op. Ze beet in zijn lippen, ze beet in zijn wangen en hij blies haar in de ogen om haar blik te vangen. Haar irissen waren opgelost in het zwart van haar pupillen.

Lang keek ze hem niet aan. Omdat, vermoedde hij, ze niet vergeten kon dat ze gemist werd en in zijn grote ronde ogen de wijzers van de klok zag tikken. Of... of, en dat hoopte hij, omdat het de begeerte van dagen was die tot ontlading kwam.

'Zie je wel,' fluisterde ze zonder hem aan te kijken, 'verspilde jaren, verspilde uren.'

Ze kwam overeind, ging boven op hem zitten. Hij wilde zich ook oprichten om zijn armen om haar heen te slaan, om haar dicht tegen zich aan te drukken, want meer nog dan lust voelde hij ontroering opkomen. Hij wilde haar mond weer zoeken, hij wilde zijn handen door haar haren laten woelen, hij wilde haar zeggen dat niemand hem voor een groter raadsel stelde dan zij en verbazing het enige overtuigende bewijs van liefde was, maar ze drukte hem achterover. Hij moest plat op het bed blijven liggen.

Ze liet zijn schouders los, hij probeerde weer overeind te komen, zij gaf hem een zet naar achteren. Toen leverde hij zich willoos aan haar over: als dit de manier was waarnaar ze verlangde, zou het deze manier zijn.

Haar vingers stuurden zijn lid tussen haartjes en gezwollen lippen door naar de enige zachte diepte waar zij het wilde hebben. Hij onderging het als een ritueel, als een moment van beheersing en concentratie dat aan iedere trance voorafgaat. Ze zocht, aarzelde tussen lager of nog iets lager. Toen ze de exacte plaats gevonden had, verwelkomde ze hem met een vinnig stootje.

'Kan het?' vroeg hij, met een laatste restje rede, en hij streelde haar buik om duidelijk te maken wat hij bedoelde.

Ze keek hem even recht in de ogen en zei: 'Zo ben je. Maar dat wist ik al.'

Ze plaatste haar handen op zijn knieën en wierp haar hoofd naar achteren. Haar borsten veranderden in langgerekte glooiingen, haar maag en buik spanden zich als een boog.

Iedereen wordt lenig in de liefde, maar de snelheid waarmee zij haar heupen bewoog, vereiste meer dan wellust alleen. Haar soepelheid wond hem misschien nog wel het meest op, omdat hij zich er precies door kon voorstellen hoe uitzinnig ze rond haar twintigste was geweest, hoe tomeloos en, ook dat hoorde erbij, hoe stom.

Nee, dit was niet het *nog lekker even* dat hij zo vaak had gehoord, dit was van een overrompelende heftigheid, een gevecht bijna, om het genot af te dwingen, bij hem, bij haarzelf... en misschien ook om een gedrevenheid terug te winnen die ooit op een wrede manier verloren was gegaan. Hij vond het van een grenzeloze overgave, begoochelend, duizelingwekkend, maar ook onvoorwaardelijk, tot op het verbetene af.

'Waag het niet,' hijgde ze. 'Nog niet. Nóg niet.'

Zijn handen klampten zich aan haar dijen vast en hij moest haar dwingen het ritme te vertragen.

'Rechter,' gromde ze.

Vreemd dat ze nu aan zijn beroep dacht.

'Rechters worden niet verliefd,' hoorde hij zijn oude leermeester zeggen, 'ze trouwen.' Het enige waarnaar ze mochten verlangen was deugdzaamheid. Hij had een ander beroep moeten kiezen.

Goed, je leeft niet voor zinnelijk genot alleen, je kunt het sublimeren, je kunt het genot in andere dingen vinden, maar toch. Besta je werkelijk wanneer je niet af en toe je ogen kunt sluiten, de spieren in je buik kunt spannen, je vingertoppen in dijen kunt drukken, de gloed kunt voelen die zich vanuit je liezen over je hele lichaam verspreidt en op ontlading wacht, op de schok die je van alle opgekropte verlangens bevrijdt?

'Nu,' hijgde ze. 'Nu wil ik het.'

Hij kon niet meer uitmaken of ze het als een bevel bedoelde of als een aanmoediging; zijn lichaam gehoorzaamde. Op hetzelfde moment wist hij weer wat leven was – meer voelen dan denken, meer horen dan zeggen, meer betasten dan zien.

'Hier blijven. Hier.'

Het klonk even grimmig.

Hij sloeg zijn armen om haar middel. Hij probeerde haar naar zich toe te trekken en zich samen met haar om te draaien, maar ze gaf geen krimp, ze wilde boven op hem blijven zitten.

Haar heupen bewogen weer. Hoe slaagde ze erin om op te veren alsof haar lichaam niets woog en het geen enkele inspanning vergde het te bewegen? Kon je dat leren of was het ene lichaam gewoon log en zwaar en het andere plooibaar en elastisch?

Ze boog zich iets voorover, haar haren veegden over zijn borst. Ze sloot haar ogen. Weer stamelde ze: 'Ik wist het, ik wist het.'

Toen stootte ze een kreet uit die uit een andere keel leek te komen.

Later zou hij die kreet nog honderden malen horen, diep in zijn slaap of 's morgens vroeg, vlak na het ontwaken. Een kreet die als gekerm begon en als hees gehuil eindigde, een kreet die dwars door muren heen moest snijden, hoe dik ze ook waren.

Na die kreet kon hij overeind komen, na die kreet

mocht hij haar in zijn armen nemen. Hij kuste haar, maar haar tong trok zich terug en ook haar mond week van de zijne. Ze keek hem met broeierige ogen aan.

'Wat ik doe is verkeerd, Lucas. Maar het verkeerde kan ook goed zijn. Fout en goed tegelijk. Voor jouw soort wetten kan dat natuurlijk niet. Maar...'

'In de liefde kan het wel.'

Eindelijk dan had hij het woord gebruikt. Terloops, te terloops misschien: ze ging er niet op in. Of zocht ze de oorzaak elders, in wat ze heel zacht zei, alsof hij het eigenlijk niet horen mocht?

'Jouw lichaam past precies bij het mijne, en het mijne precies bij het jouwe, waardoor ik het gevoel heb dat we eigenlijk al heel lang samen zijn.'

Ze stond op, ze kamde met haar vingers haar haren, ze hees zich in haar jurk. Ze knielde nog even voor hem neer, legde haar arm op de rand van het bed. Hij streelde de haartjes.

Zo was het begonnen. Het lag op zijn lippen te vragen wat ze erbij gedacht had, die eerste avond. Hij wist zich te beheersen.

Ze sprong overeind, opende de deur, en bedacht zich. Ze deed de deur weer dicht en liep de badkamer binnen. Hij schoof van het bed en struikelde over het hoopje kleren dat op de grond lag. Met zijn voet veegde hij ze naar een hoek van de hut; toen hij de badkamer binnen stapte, stond ze al onder de douche.

De ruimte was krap, hij wrong zich naast haar. Ze reikte hem de zeep aan; hij zeepte haar rug in, haar schouders, haar borsten, haar buik en het randje schaamhaar onderop, haartjes die niet krulden, die glad op de huid lagen. Ze sloeg haar armen om zijn schouders en haar rechterbeen om zijn middel. Haar bekken stootte tegen zijn buik.

'Ik wil je niet met nog een laatste restje zin achterlaten.'

Ook dat zou hij zich blijven herinneren: dat ze toen al voorzag dat ze hem met zin zou achterlaten, en niet met een vage begeerte maar met het concrete verlangen naar een lichaam dat even smal was als het hare en dat precies dezelfde geur verspreidde, de ietwat bittere geur die zijzelf met theebladeren associeerde, omdat iedereen zijn eigen geschiedenis maakt.

Het warme water viel op haar schouders, het warme water stroomde langs zijn rug. Hij duwde haar lichaam tegen de wand, het water spatte alle kanten op. Als zijn heupen even weken, trok haar been ze weer dichter naar zich toe.

Gered. Het woord kwam terug, als een kwelduivel. Het verslapte de kracht waarmee hij zich tegen haar aan duwde, het vertraagde zijn bewegingen.

Met haar enkel sloeg ze tegen zijn bil.

'Geef.'

Ze zei het kalm, in een taal die zijn felheid had verloren en hem bijna als een andere taal in de oren klonk.

'Ik wil het hebben.'

Meer hoefde ze niet te zeggen.

Ze greep zijn schouders beet en drukte hem naar beneden. Hij hurkte voor haar neer, stootte zich aan het douchescherm.

Na zijn handen kon nu ook zijn tong de precieze vormen van haar lichaam voelen, van de buitenste huid en de binnenste, de tanige en de weke. Die lauwe, zilte smaak ... was het daardoor dat de oudste Chinese wijsgeren in het water van de zee het verlangen proefden?

Haar kreet klonk even schril als de kreet die ze even tevoren uit haar keel had geperst, en eindelijk gloeiden haar dijbenen in zijn handen.

Aan zijn haren trok ze hem naar boven. Over haar wangen en in haar hals liepen natte sporen.

'Als ik het niet ben,' zei ze, 'is het de zee die een stuk kalmer is geworden.'

Een glimlach, ontspannen, misschien zelfs wel gelukkig. En ook hij veegde het starre van zijn gezicht, met hetzelfde gebaar waarmee hij de spatjes water van zijn voorhoofd en zijn wangen wiste.

Hij droogde haar rug af en haar borsten. Ze stapte in haar jurk, ze draaide zich om en hij ritste, na een laatste aai over haar rug, de jurk dicht. Ze wierp een blik in de spiegel, schudde het hoofd en verliet de hut. Maar bij de deur zei ze: 'Door jou was het voorbij. Door jou was het echt even voorbij.'

'Wat was voorbij, Gabriela?'

'Me niets meer voelen. Helemaal niets.'

'Hoe? Wanneer?'

'Het was weg. Echt weg. En dat had ik niet meer voor mogelijk gehouden.'

'Zeg het.'

'Je begrijpt het best. Je verdreef het met... met... Je weet het...'

Toen was ze verdwenen.

Hij ging op de lakens liggen die haar geur vasthielden.

Hij drukte het bovenste laken tegen zijn neus en sloot zijn ogen met het voornemen het nooit meer los te laten.

16

Hij werd wakker, met tegenzin en met een loom gevoel in de ledematen. Dieper had hij in geen tijden geslapen. Fifi noemde het de slaap van de gelukzaligen. De vrouw die hem niet regelmatig sliep, herkende ze vanuit de verte al aan haar tint: doffer dan een rouwkleed. Bij de man stelde Fifi onrust vast en korzeligheid, tot op het onredelijke af. Alleen bembe nam die onrust weg. Na het vertrek van Merel had ze vaak bembe voor hem klaargemaakt, gestoofde postelein met wat zout, een schijfje limoen en een beetje olie. Ook buiten het regenseizoen schotelde Fifi hem bembe voor, dat ze net als basilicum in de tuin kweekte. Aan basilicum schreef ze een opbeurende werking toe.

De ontbijtzaal ging om zes uur open. Om vijf over zes zat hij aan de ronde tafel bij de patrijspoorten, zijn tafel, haar tafel, maar gezelschap kreeg hij niet.

Na een vettige pannenkoek en een laatste slok grapefruitsap struinde hij de dekken af. Hij meende haar even te zien, in de verte; toen hij dichterbij kwam, bleek het een Braziliaanse te zijn die een hoofd kleiner was dan zij.

In de badkamer van zijn hut vroeg hij zich af wat Hugo opgemerkt had toen ze eindelijk naast hem in bed was gekropen.

Je ruikt naar zeep. Moest je soms de geur van mannenzweet van je lijf spoelen?

Misschien lag ze het nu goed te maken met hem. Hij kon het zich niet voorstellen, maar dat kunnen de meeste bedrogenen niet. Hij wilde het zich ook niet voorstellen, omdat hij anders veel meer in twijfel moest trekken. Wanneer hij haar niet geloofde, mocht hij geen woord meer met haar wisselen, want zij ging van het tegendeel uit. Toch kon hij niet alle twijfel de kop indrukken en moest hij zich beheersen om niet naar de hut van de Obrizki's te sluipen en aan de deur te gaan staan luisteren.

Na het scheren, waarbij hij zijn kin een dubbele beurt gaf om haar hals niet opnieuw dieprood te schuren, keerde hij met een boek naar het promenadedek terug. Hij schoof een stoel op het gedeelte waar de witte vakken en cijfers op de vloer nog aan het kegelspel herinnerden waarmee de Engelse emigranten de verveling verdreven. De teakhouten vloer was in de was gezet en op de ligstoelen waren donkerblauwe matrassen neergelegd.

Hij las het verslag van een Ierse monnik uit de vijfde eeuw die dezelfde oceaan had bevaren die hij nu bevoer. De monnik zocht naar God, hij vroeg zich af waarnaar hij zelf zocht – ruimte? ongebondenheid? of de mateloze aandacht die Gabriela hem schonk? In ieder geval had hij het zoeken met de monnik gemeen, het zoeken naar iets wat groter was dan hijzelf.

Oude teksten bekoorden hem meer dan hedendaagse. Hij liet zich daarin aanmoedigen door Borges, die nog verhit kon raken door IJslandse sagen. In boeken wilde hij niet wéér op misdaad stuiten, niet wéér op drugs, liquidaties, mishandeling, incest, fraude, anders kon hij net zo goed een dossier openslaan. Bij een monnik die zich tien eeuwen voor Columbus tot ver op de Atlantische Oceaan waagde om dichter bij het mysterie, de diviene almacht en de hemelse liefde te komen, trof hij gevoelens aan die nooit uit de beklaagdenbank opstegen, hoe onnavolgbaar ze ook voor hem bleven.

'Mag ik... of... of wilt u lezen?'

Met een schuchterheid die hij slecht bij haar vond passen vroeg Victorina of ze naast hem mocht komen zitten.

'Natuurlijk, schuif de stoel maar wat dichterbij. Als je het koud hebt, ligt dáár een deken. Er wordt aan alles gedacht op dit schip. Portugese bemanning. Portugezen varen uit overtuiging. Een echt zeevolk, als de Hollanders, als de Noren, als de Ieren.'

Hij zei te veel, omdat hij zich afvroeg waar ze precies op uit was. Niet op wat afleiding en evenmin op een onschuldig praatje; ze had bepaalde vermoedens en het zou hem de grootste moeite kosten om die op een luchtige toon te weerleggen.

Ze strekte haar benen en trok haar rok preuts over haar knieën.

Eerder was het hem niet zo opgevallen, maar Victorina had onmiskenbaar de neus en de mond van haar moeder. Haar ogen daarentegen waren de ondoorgrondelijke ogen van haar vader.

'Mamma is meestal anders,' zei ze, alsof het de normaalste zaak van de wereld was dat ze met hem over haar moeder sprak en het eigenlijk het enige onderwerp was waar het tussen hen beiden om ging.

'Thuis zijn we allemaal anders.'
'Maar héél anders.'
'Hoe dan?'
'Opgewekter. Altijd met ons bezig.'
Ze schopte haar schoenen uit – wat hem alweer aan Gabriela deed denken – en kruiste haar benen.
'Eigenlijk... alleen maar met ons. De rest kan haar weinig schelen.'
'Hier is meer rest. Andere mensen, andere omgeving.'
'Het komt door Venezuela.'
Hij draaide zijn hoofd in haar richting en knikte haar toe.
'Begrijpelijk. Door al die huizen.'
'Het komt door tante Tina. Telkens als ze tante Tina terugziet, raakt ze van slag. Drie jaar geleden waren we bij haar in Mexico. Toen wilde ze opeens in Mexico wonen. En nu Venezuela.'
'Wie is tante Tina?'
'Clementina. Haar zus. Ze heeft twee broers en een zus. Tante Tina is de oudste.'
'En tante Tina is net als je ouders gaan zwerven?'
Zijn nieuwsgierigheid won het van zijn voorzichtigheid.
'Ja, lang geleden al.'
'Waarom?'
'Geen idee. Daar hebben we het nooit over. Maar als mijn moeder tante Tina heeft gezien, wordt ze... raar. Onherkenbaar. Daarom wilden we varen naar Panama.'
'We?'
'Mijn zussen en ik. We hebben het echt met elkaar doorgesproken: wat mamma fijn zou vinden. Varen

leek ons wel wat. Lekker frisse wind en zo, en alles verzorgd, eten, drinken, hoefde ze zich daar geen zorgen over te maken. Dus zeiden we tegen mijn vader dat we nog een paar dagen vakantie hadden en dat het zonde zou zijn als we er niet een beetje van konden genieten. Pappa wilde eerst niet, en mamma ook niet; mamma wilde zo snel mogelijk terug, aan het werk, om niet aldoor te piekeren.'

'Lesgeven.'

'Ja... niet omdat ze dat zo leuk vindt, maar ja, het was het enige wat overbleef toen ze in Panama kwam.'

'Wat moest ze opgeven?'

'Alles waarvoor ze zich uitgesloofd had. Een rol. Een echte. Eentje waarin iedereen zou geloven.'

'Iedereen?'

'Nou ja, iedere toeschouwer. Een hele zaal vol. Avond na avond.'

Victorina vertelde het alsof ze het zelf doorstaan had: de hoge verwachtingen en de teleurstelling die erop volgde.

'Ze stond al vanaf haar twaalfde aan de barre. Heel fanatiek. Vijf uur per dag. Toen mijn vader in de Verenigde Staten studeerde, heeft ze nog een jaar lesgehad van Martha Graham. Maar in Panama was niks, alleen een revue of zo. Toen werden het balletlessen, aan van die bleke meisjes.'

Hij had het kunnen vermoeden, als hij zich afgevraagd had hoe ze aan het eelt en de knobbels gekomen was toen hij haar voet onder tafel voelde.

'Je moeder heeft me er niets over verteld.'

'Ze loopt er niet mee te koop. Je kunt het natuurlijk wel zien.'

‘Rechte rug. Lange hals.’

‘En van die naar buiten gedraaide voeten. Ze begon haar opleiding in Buenos Aires. Ze vond het vreselijk naar de stad te moeten verhuizen. Om haar een beetje op te beuren stuurde haar vader haar naar balletles. Al gauw combineerde ze de balletschool van het conservatorium met de middelbare school. Het schijnt dat ze erg goed was.’

‘Direct na algebra de spitzen aan.’

‘Nee, ze deed alleen modern klassiek. Op blote voeten.’

‘Veel heen en weer geren.’

Ze schoot in de lach.

‘Zeg dat maar niet tegen haar. En vraag ook niet of ze de tango danst. Wordt ze spinnijdig. Hoewel ze uren naar Pugliese ligt te luisteren. Of naar Piazzola.’

Ze giechelde nog steeds, alsof het belachelijk was om bij Piazzola weg te treuren. Wat beweerde Gabriela ook alweer over haar oudste dochter? Dat ze moeiteloos de aandacht trok.

‘Dans je zelf?’

‘O nee. Mijn zussen ook niet. Mamma was ertegen. Veel inspanning voor niks. Zelf heeft het haar ook niet veel opgeleverd... een paar dromen en een hoop spierpijn. Het is haar ook veel te meisjesachtig. Ze zegt altijd: van jullie maak ik jongens.’

‘Daar is ze aardig in geslaagd.’

‘Vindt u?’

‘Je teleurstelling bewijst het tegendeel.’

‘Ik had wel een broer gewild. Maar jongens doen zo koel.’

‘Niet altijd.’

'O jawel. Ze zijn hartstikke onzeker.'

Dat had ze in ieder geval al in de gaten, en het was vast niet het enige.

'Wat ik me afvraag...'

Altijd aarzelen in een vraag: les één van het verhoren.

'... waarom hebben je vader en moeder hun land verlaten?'

'Geen idee. Het was een rottijd toen.'

'Dictatuur.'

'Ja, zoiets. We vragen er eigenlijk nooit naar, we weten dat ze er niet aan willen terugdenken.'

'Maar wanneer je moeder haar zuster bezoekt, raakt ze van slag.'

'Altijd. We geloofden dat het wel over zou gaan op het schip. Maar ze praat alleen met u.'

'Soms ja. Ook niet overmatig veel. Ik vermoed dat je moeder vooral naar rust verlangt.'

'We dachten dat ze genoeg had van ons... en van dit schip en van de hele reis.'

'Een zeereis is iets merkwaardigs. Op zee komen mensen zichzelf tegen. Je zou het niet verwachten, je zou denken dat ze alles los zouden laten zodra de kust uit het zicht verdwijnt, maar nee... Hoewel je moeder volgens mij nog weken wil varen, de hele Stille Oceaan over desnoods.'

'Zou het?'

'Neem maar van mij aan dat het zo is.'

'Nou, fijn.'

Kind en vrouw tegelijk. Hij kon het niet verhinderen, hij moest toch weer even aan Annie denken. Twaalf, dertien, veertien, de onbestendige jaren.

'En jullie? Vervelen jullie je op het schip?'

'Gaat wel. Gisteravond was wel leuk, met die ouwe Cubanen. Goeie muziek, viel ons reuze mee. U bent niet lang gebleven.'

'Nee, het was nogal warm in de zaal.'

'Mamma is ook vroeg naar bed gegaan.'

Hoeveel wist ze? Veel waarschijnlijk, veel meer dan ze met haar onschuldige gezichtje voorgaf. Of niets, als ze werkelijk geloofde dat tante Tina de oorzaak van haar moeders verwarring was. Haar vader zou hetzelfde kunnen geloven, waardoor hij veel door de vingers zag.

'Jullie zijn niet naar Mexico verhuisd.'

'Natuurlijk niet.'

'En Venezuela?'

'Geen idee. Mijn vader heeft behoorlijk de pest aan Panama. Maar in Venezuela is het ook niet alles. Ze spreken er natuurlijk wel Spaans. Mamma zegt altijd dat je je land pas verlaat als je je in een andere taal moet redden.'

'Waarom zitten jullie dan op een Amerikaanse school?'

'Mijn vader en moeder hebben lang overwogen naar de States te emigreren.'

'Wat hield hen tegen?'

'O, steeds hetzelfde; ze willen weg zonder werkelijk weg te willen.'

Victorina maakte aanstalten om op te staan maar bedacht zich. Ze wilde hem nog iets vragen. Ze keek hem een paar keer aan en telkens leek ze zich te bedenken. Ten slotte stelde ze hem met een hoog trillerig stemmetje haar vraag.

'Zou u me een stukje willen voorlezen uit dat boek met die draak op de kaft?'

'*De zeereis van de heilige Brandaan.* Een oude Latijnse tekst, achtste eeuw, over de reis van een Ierse monnik die aan het begin van de vijfde eeuw met zeventien broeders de zee opvoer, richting Amerika. Brandaan zocht naar het diepste, het meest spirituele. Zijn tocht was een pelgrimstocht, hij ging scheep omdat God hem Zijn diverse geheimen op de Grote Oceaan wilde openbaren. Iedereen zoekt op zee, door de leegte... Maar... ik lees het boek in de Nederlandse vertaling en daar begrijp je niets van.'

'Geeft niet. Hoor ik hoe het klinkt.'

Hij las haar een paar bladzijden voor. Victorina legde haar gevouwen handen op haar buik en sloot de ogen.

Ze leek hem veel te eenzaam voor haar leeftijd. Of kon hij zich toch niet goed meer indenken hoe je je precies voelde wanneer je geen kind meer was maar nog niet voor vol werd aangezien?

Ze maakte zich zorgen om haar moeder en ze wilde zijn stem horen om die verontrusting weg te nemen. Hij las haar langzaam voor en probeerde zijn stem zo kalm mogelijk te laten klinken. Het ging hem moeilijk af omdat hij onafgebroken aan Gabriela bleef denken. Aan haar voeten vooral.

17

Victorina liep weg, draaide zich bij de reddingsboten om, trok haar bovenlip op zoals haar moeder deed wanneer ze in dubio stond, nam hem nog even van onder haar wenkbrauwen op alsof ze toch geen hoogte van hem had kunnen krijgen, en verdween achter de schoorsteen.

Lucas klapte het boek dicht en volgde de glijvlucht van een koppel meeuwen.

Als kind had hij vooral erg gewoon willen zijn, zoon van een gewone moeder en een gewone vader met een onbesproken, vrijwel geschiedenisloze achtergrond. Als puber daarentegen had hij gewoon een veel te schamper lot gevonden. Aangemoedigd door het succes dat hij er bij Annie mee boekte was hij zijn ouders als onverbeterlijke landverhuizers gaan afschilderen die pas opleefden als ze hun hutkoffers konden dichtspijkeren. Aan hun wispelturigheid dankte hij zijn perfecte zeebenen.

Hij zag het bij Victorina terug, die zich spiegelde aan het uitzonderlijke van haar moeders lotgevallen, aan het buitenissige, het artistieke, aan het tragische ook, omdat het haarzelf stukken interessanter maakte.

Zijn eigen familie mocht het zwerven dan in het bloed hebben zitten, de Obrizki's waren aangestoken door het ballingenvirus. Van Argentinië naar Panama, van Panama naar de Verenigde Staten, van de Verenigde Staten terug naar Panama, waar ze gebleven waren zonder er ook maar enigszins te aarden. Vertrokken, maar nergens aangekomen; voorgoed weggegaan, en toch ook weer niet, want ieder bezoek aan tante Tina was een terugkeer.

Zijn vader was evenmin in Nederland aangekomen, ofschoon hij er de laatste dertig jaar van zijn leven had doorgebracht en hij na zijn pensioen nooit meer een zonnig oord had willen opzoeken, omdat de tropen zoals hij die kende allang verloren waren gegaan. Hij had de uitnodiging van Lucas om naar Curaçao te komen afgeslagen, met zijn zwakke gezondheid als excuus, en hij had het goed willen maken door lange brieven naar Kaap Malmeeuw te sturen, waarin hij herinneringen aan het Nigeria van 1939 ophaalde, aan het Britse Bombay van 1946 en het Indiase van 1950, aan Maracaibo, aan de jaren dat hij op de Isla-raffinaderij werkte, iedere dag naar het laboratorium fietste, langs huizen die door Indische architecten ontworpen waren en nauwelijks verschilden van het huis in Surabaya waar hij zijn hele jeugd had gewoond. Zoals Fifi, 'jouw Fifi', hem altijd aan zijn eigen baboe had doen denken. Maar de oude Fifi had hij niet terug willen zien.

Zelf kon hij midden in het regenseizoen naar de lente verlangen, naar de krokussen en het jonge loof aan de bomen langs de gracht. Op zulke momenten belde hij met zijn broer, die dan onmiddellijk herinneringen begon op te halen aan de tuin met de vuurrode oleanders.

Wat nieuw voor hem was geweest toen de Schouten door het Noordzeekanaal voer – de rechte sloten, de overzichtelijke weilanden, de kraakheldere stad aan de horizon – bestond allang niet meer. Het weidse land uit zijn jeugd was een volgepropte provincie van Europa geworden. Thuiskomen deed hij op Kaap Malmeeuw, hoewel hij voor zijn buren een makamba bleef.

En Gabriela? Hoe werd zij in Panama nagewezen? Als de voormalige ballerina die gefnuikt was in haar aspiraties?

Talentvol, veelbelovend, tot ze haar biezen had moeten pakken. Vroegtijdig verpot, nooit ontloken, als zovele rozen onder de *emigrées*.

En dat wist hij dankzij Victorina, die hem nadrukkelijk in vertrouwen had genomen. Hij was haar niet toevallig tegengekomen, het initiatief om te praten was van haar uitgegaan. Zelf zou hij dat op zijn veertiende nooit gedurfd hebben. Kennelijk zocht ze toch naar iets, al wist ze zelf nog niet goed waarnaar. Of misschien had ze ook het zoeken van haar moeder afgekeken, het soms aarzelende en dan weer pertinente zoeken.

Vanaf de ligstoel zag hij de kade dichterbij komen, de kade van Cristóbal, een naam waarbij hij zich kathedralen had voorgesteld die als bakens aan de havenkant oprezen en heiligen die vanaf torenhoge sokkels de zeelieden zegenden voor wie een nieuw continent opdoemde en de volgende oceaan lag te wachten, aan de andere kant van het kanaal. De haven had echter iedere willekeurige haven kunnen zijn in een land waar het altijd vochtig is en altijd heet – een paar kranen, een paar loodsen, en een paar flatgebouwen, onder een grauwe lucht.

Soms dacht hij dat je nooit reizen moest en beter voort kon teren op de indrukken die je in rijkelijk geïllustreerde maar inmiddels vergeelde albums had opgedaan. De wereld als een voorstelling blijven zien en telkens met de ogen herhalen: *hier ben ik eerder geweest.* Maar dan had hij zich Gabriela ook moeten inbeelden.

Weinig passagiers gingen van boord. Er kwamen er wel veel bij, dekpassagiers die door het Panamakanaal wilden varen. Al gauw bezetten ze alle stoelen of hingen ze over de reling.

Versterkt door megafoons klonken bevelen; de trossen werden binnengehaald. Bootslieden spoorden matrozen aan tot haast om de halve dag vertraging die het schip door het ruwe weer had opgelopen tot enkele uren te reduceren.

Dat Gabriela niet meer aan dek verscheen, maakte hem ongerust. Ze kon natuurlijk even diep geslapen hebben als hij, uitgeput door de halstoeren waarmee ze de laatste restjes zin bij hem had willen wegnemen, maar het leek hem aannemelijker dat Hugo in de beslotenheid van hun hut verantwoording eiste voor haar plotselinge verdwijning uit de feestzaal, kort na zijn eigen gezwinde aftocht. Welke uitvlucht ze ook verzinnen mocht, Hugo moest wel een onverbeterlijke sufferd zijn wanneer hij daar intuinde. Lucas hield er rekening mee dat ze het zo dadelijk allemaal op hem zou afreageren, als hij haar tenminste nog terug zou zien. Betoverd of niet, hij had haar veilige bestaan op losse schroeven gezet, en daar kon ze hem moeilijk dankbaar voor zijn. Tenzij ze ook in alle nuchterheid tot de slotsom was gekomen dat ze, door bij Hugo te blijven, vele jaren verknoeid had, en in dat geval werd het hoog tijd dat hij eens serieus ging nadenken over de toekomst.

Het schip voer alweer, op langzame kracht, en zette koers op de pieren die de ingang van het kanaal tegen de zware golfslag van de Atlantische Oceaan beschermden.

Hij liep de trap af naar het achterste dek.

Ditmaal kon hij zich niet vergissen: zij moest het zijn, eindelijk opgestaan, eindelijk aangekleed, geheel in het wit, de kleur die het best bij haar paste, als het tenminste waar was dat ballerina's altijd witte maillots droegen en voor iedere oefening aan de barre hun handpalmen met talkpoeder inwreven.

Gabriela zat vlak bij de vlaggenmast, op de teakhouten vloer, met haar benen gekruist en haar handen gevouwen.

Toen hij naast haar neerhurkte, opende ze haar ogen en keek hem aan met een rust die niet van deze aarde kon zijn.

'Het klopt dus.'

'Als je me eerst vertelt wat je bevestigd ziet, kan ik je uit de droom helpen.'

Haar stem was lichter dan de wind.

'Dat ze iedereen een tijdje naar zee zouden moeten sturen om weer in God te geloven.'

'O nee. Ik ben niet religieus.'

Direct weer die vertrouwde toon. Alsof ze hem geen moment verlaten had, alsof hij nog op de rand van zijn bed zat, naakt en bezweet, alsof ze hem een handdoek aanreikte en zo dadelijk naast hem zou komen liggen, moe en voldaan.

'In Misiones nam mijn moeder me weleens mee

naar de kerk. Een barokke kerk, in koloniale stijl. De koepels van het dak waren met fresco's beschilderd. Ik keek altijd naar hetzelfde tafereel, naar een groep engelen die ten hemel voer. Naar papzakken met vleugels, naar vetzuchtige kleuters met ouwelijke gezichtjes. Ik zei tegen mijn moeder dat die griezels me beslist niet mee hoefden te nemen naar het paradijs wanneer ik dood zou gaan. Met hun weke wangen en hun rimpelige lippen leken ze meer op kwelgeesten dan op serafijntjes. Ze keken ook zo ernstig, alsof ze op weg waren naar een verschrikkelijk oord.'

Naar een nieuwe hemel en een nieuwe aarde, dacht hij, waar geen zee zou zijn. Want die heilloze voorspelling uit de Openbaringen was hem altijd bijgebleven: *En hij zag een nieuwe hemel en een nieuwe aarde, en de zee was niet meer.*

Door het zoute briesje hadden haar wangen kleur gekregen. Haar haren woeien alle kanten op. Ze vielen voor haar ogen, hij veegde ze weg.

'Attent. Je bent altijd zo attent.'

Ze boog zich voorover en even veronderstelde hij dat ze haar lippen op de zijne zou drukken. Direct daarop rechtte ze haar rug weer tot ascetische gestrengheid. Haar handen bleven tussen haar knieën rusten.

'Ik blijf het op bidden houden. Al was het maar een schietgebedje. Kijk maar naar je handen: gevouwen.'

'Om me beter te kunnen concentreren. Ik kan niet gewoon in een stoel gaan zitten, dan blijft het leeg in mijn hoofd. Ik moet mijn benen kruisen en mijn ogen dichtknijpen om na te kunnen denken.'

'Eerst het lichaam plooien, dan de geest.'
'Zoiets ja. Het duurt een tijdje voor de vragen komen.'
'En de antwoorden?'
'Die blijven meestal uit. Natuurlijk. Bij jou zal het niet anders zijn.'
Zijn eigen taal vond hij een heldere taal, genuanceerd, precies, een taal voor juristen, maar sommige woorden klonken beter in een andere taal. Natuurlijk – *claro que sí... claro que no.* Dat zong.
'Hangt van de vragen af. Vragen over mezelf zijn de lastigste. Wie ben ik? Geen idee.'
Ze bleef hem aankijken terwijl haar hoofd voortdurend bewoog. Ze keek hem van opzij aan, van bovenaf, van onderaf, alsof ze zijn gezicht in haar geheugen wilde prenten.
'Je bent een Europeaan, een Nederlander, elders geboren maar opgegroeid in een fatsoenlijk land.'
'Wat zegt dat nou?'
'Veel. Misschien wel alles.'
Ze boog zich voorover. Haar vingers betastten zijn wenkbrauwen, zijn lippen, zijn neus, zijn oren. Ze was zo kalm dat hij zich afvroeg of het niet een soort verdoving was, na een knetterende ruzie.
'Is er iets fout gegaan, gisteravond... vannacht?'
'Hij is tot het eind toe gebleven. Ik sliep al toen hij met de kinderen terugkwam. Hij heeft me niet wakker gemaakt.'
'En vanmorgen?'
'Geen woord. Nou ja, hij zegt nooit veel. Hij liet in ieder geval niets merken, wat ook alweer een gewoonte is. Hij laat zelden iets merken.'
'Wroeging?'

'Ik zou het niet weten. Wroeging impliceert spijt. Ik begrijp plotseling waarom het in zoveel films voorkomt, in zoveel reclamespotjes, in zoveel liedjes, van de hartstochtelijkste tot de onbenulligste... Ik vond altijd dat het overdreven werd, alsof je niet zonder kunt, alsof het alles in de schaduw stelt. Maar het is zo, het stelt alles in de schaduw... Toen ik Monica uit bed tilde, zocht ze onmiddellijk mijn hand en wilde hem niet meer loslaten. Toen vond ik mezelf een egoïst. Komt misschien ook door de laatste weken. Soms verlies ik het contact met de kinderen.'

Clementina. Tina. Dit was het moment om over haar zuster te beginnen, maar hij kreeg de naam niet over zijn lippen. Hij wilde haar niet tot bekentenissen dwingen, anders zou ze weer 'rechter' zeggen, met iets van weerzin in haar stem. Het moest uit haarzelf komen, als een blijk van vertrouwen, als een teken van liefde. Zo niet, dan kon ze het beter voor zichzelf bewaren, een geheim dat te persoonlijk was om het met iemand te delen.

'De komende nacht,' zei hij, 'slaap je in je eigen bed.'

Ze draaide het hoofd enigszins af alsof ze naar de horizon zocht.

'En,' vervolgde hij zijn sombere toekomstvoorspelling, 'als het schip volgens het vaarschema aankomt, slaap ik in een hotelbed.'

'Het lijkt me nog erg ver weg.'

'Een uur of twaalf.'

'Ik doel niet op de tijd.'

Met beide handen masseerde ze de wreef van haar linkervoet. Haar duimen, lange duimen met weinig rimpels in het vel boven het kootje, volgden de loop van de pezen.

'Het zou mooi zijn,' aarzelde hij, 'als we nooit meer thuiskwamen.'

'Ooit zullen we toch wel ergens een huis moeten betrekken.'

'Wat voor een huis?'

'Ik zag vannacht een huis van hout.'

'Dicht bij zee?'

'Natuurlijk.'

Weer dat *claro que sí*. Het zong niet alleen, er klonk een grote stelligheid in door.

'Niet riant...'

'Met een ruime slaapkamer in ieder geval, met een bed tegen de wand en een bureau voor de jaloezieën.'

'Moeilijke combinatie.'

'Om je van het werk af te houden. Ik zal je niet met rust laten. Iedere keer wanneer je op de bureaustoel zit, zal ik je storen. Ik zal boven op je komen zitten of je het bed in trekken.'

De nagels van haar duimen drukten diep in een knobbel, net boven haar grote teen.

'Het lijkt me ideaal.'

'Je zult snel genoeg van me krijgen. Je zult me te veeleisend vinden, je zult op de stapels werk wijzen die liggen te wachten, je zult terugverlangen naar de tijd dat je nog alleen was en er niemand om je aandacht vroeg.'

'Er gaat een bedenkelijke realist in je schuil.'

'In wie niet? Zo onervaren ben ik nou ook weer niet.'

Een lachje. Urenlang zou ze dit soort spelletjes kunnen spelen, languit op het bed, of met de benen gekruist, in dezelfde houding waarin ze nu zat, met de masserende handen rond haar voeten. Geen dossier zou hij meer openslaan, geen zaak zou hem nog boeien, hij zou haar willen aanraken, steeds weer opnieuw, beginnend bij haar hals en eindigend bij de knobbel boven haar grote teen.

'Kun je straks naar mijn hut komen?'

'Ik zal het proberen. Ik moet eerst kijken hoe het met de kinderen gaat.'

'Ik wacht op je.'

'Als het niet lukt, mag je het me niet aanrekenen.'

'Zal ik proberen.'

Ze stond op, strekte haar handen uit, trok hem overeind.

'Sterke armen.'

'Sterke benen ook. Sterke spieren. Met de rest is het minder goed gesteld.'

Hij liep met haar mee tot aan het trappenhuis. Ze sloeg haar arm om zijn middel en kuste hem, als voor een langdurig afscheid.

'O.'

Weer zo'n snuivend lachje.

'Ik moet je nog iets bekennen. Ik ben niet religieus maar ik voel me wel aangetrokken tot het boeddhisme. Tot de vier edele waarheden: het lijden, de oorsprong van het lijden, de genezing van het lijden en het middel om tot genezing te komen. Trouwens, als je je omdraait, kun je Hugo zien staan.'

Hij draaide zich om.

Hugo stond een half dek lager tussen een schare passagiers aan de reling en rookte een cigarillo. Bedrogen, aan zijn eigen lot overgelaten, moedeloos, al bijna terug in het land dat hem niet aanstond en dat hij al jaren wilde verlaten. Onbewogen en verbeten tegelijk, met dat sigaartje tussen de vingers.

Of werd die indruk hem vooral ingegeven door wat hij zelf begon te beseffen?

Bij Gabriela vond hij zo'n beetje alles terug wat hem in de tropen aantrok.

Ze deed een stap opzij, stak haar wijs- en haar middelvinger in de mond, floot.

Alsof er maar één was die zo kon fluiten, gleed Hugo's blik over het achterdek.

'Hé Che.'

Schallende roep, als van een schoffie.

Che – het woord dat in haar land voor man werd gebruikt, voor man, voor makker.

Hugo stak zijn hand op en grijnsde.

18

De grijns groef zich door zijn stoppelbaard en verstijfde tot een grimas. Met dat gezicht, waarvan geen spier zich meer vertrok, had Hugo, zonder veel te zeggen waarschijnlijk, alleen door voor te wenden dat hij zoveel wist dat hij bij de geringste tegenwerking intimiderend kon worden, Gabriela vrijgekregen. Hij mocht het als een teken van lotsverbondenheid opvatten dat ze nu naar hem floot. Ze stond weliswaar naast een andere man, maar ze kende hem te lang en te goed om daar nog langer achterbaks over te doen: door zijn aandacht te trekken, kwam ze er openlijk voor uit. Of wilde ze hem juist op een dwaalspoor zetten, door te suggereren dat er niets aan de hand was en er dus niets te verbergen viel?

Tijdens verhoren trok Lucas dikwijls lijnen op een papiertje. Het motief? Als het er één was, hoefde hij zijn vulpen niet te pakken, maar meestal hoorde hij een hoop tegenstrijdigheden, en allemaal waren ze even belangrijk en even waar. Al gauw tuurde hij naar korte en lange lijnen, rechte en schuine, en uit dat warnet viel eigenlijk alleen de juistheid van Fénelons bewering af te leiden dat van de werkingen des geestes de rede de minst frequente is.

Terug in zijn hut begon hij zijn koffer alvast te pakken. De broek die hij gedragen had toen hij met haar danste, de ceintuur met de gesp, de boeken die hij zorgvuldig tussen zijn overhemden legde – het boek waarvoor Gabriela haar neus opgetrokken had en het boek waaruit hij Victorina voorgelezen had. Wat er ook gebeuren zou, hij was klaar voor het vertrek. Voorbarig misschien, maar iets voorspelde hem dat hij het schip in een ziedende haast zou verlaten en hij wilde voorkomen dat hij dan zijn schoenen en zijn sokken en zijn onderbroeken nog bij elkaar moest zoeken, want dat werkte vertragend, dus ontnuchterend.

Dwaas? Ongetwijfeld. Hij had altijd proberen te voldoen aan een bepaald beeld dat hij van zichzelf had, ook al strookte dat niet helemaal met zijn karakter. Jarenlang had hij zelfs in zijn overpeinzingen een toga gedragen, overtuigd als hij was dat zijn functie zijn hoedanigheid bepaalde. Tegenover Gabriela was hij eindelijk weer de man geworden die hij werkelijk was, met zijn verlangens en zijn eigenaardigheden.

Hij had zijn zaligheid te lang in de rechtszaal gezocht, omdat hij te lang in Leibniz was blijven geloven: het kwaad is nodig voor de verscheidenheid van de wereld. Maar zo verscheiden maakte het kwaad de wereld niet; het meeste geweld was dom. Hij hoorde liever over engelen die iedere bekoorlijkheid logenstraffen en over moedervlekken die verborgen begeertes verklaren, geheimen die hem zouden dwingen persoonlijker te worden dan hij tegenover iemand was geweest, zelfs niet tegenover Merel, omdat het haar huiver aangewakkerd zou hebben, haar huiver voor zijn temperament.

Hij schoof op het bed, stond op, schoof weer op het bed, wierp een blik naar buiten, zag een vrachtschip dat net als de Southern Cross lag te wachten tot het de sluizen van het kanaal kon binnenvaren. Op de dekken ging de zoemer af ten teken dat het middagmaal werd geserveerd; hij besloot de maaltijd over te slaan; hij had geen honger, geen trek in eten althans, en hij hield er nog steeds rekening mee dat Gabriela elk moment zijn hut kon binnenstormen en hem opnieuw zou overrompelen, met haar armen en haar benen, met haar heupen en haar handen, met dat soepele lichaam van haar dat zich tot in alle poriën wilde bevredigen.

Hij vroeg zich af wat hij zeggen zou wanneer ze weer samen onder de douche zouden staan. 'Kom naar mijn eiland, neem je kinderen mee en blijf er voor altijd – een huis van hout is snel gevonden?' Of zou hij het voorzichtiger aanpakken, haar zijn telefoonnummer geven, zijn faxnummer, zijn adres, en vertrekken met de belofte dat het geen definitief vertrek zou zijn? Het laatste vond hij nogal slap, zeker als hij even tevoren de broek van haar heupen had gesjord, aannemende dat ze dezelfde broek als vanmorgen droeg, een dunne katoenen broek met niets eronder. Hij zou het kalmer aan kunnen doen, haar lichaam beter opnemen, haar rug kneden, haar nek, haar dijbenen, haar voeten, vragen hoe ze aan die knobbels kwam... Kijken, onbeschaamd kijken, als ze dat tenminste toestond: vrouwen die hun lichaam afmatten om er de indruk van lichtheid aan te geven, willen misschien alleen vanuit de verte bekeken worden.

Een jaar les gehad van Martha Graham... Hij had de kaartjes gekocht, om Merel te verrassen. Graham danste allang niet meer, maar ze verscheen nog wel op het toneel van de Amsterdamse Schouwburg; een verontrustende dame, gehuld in zwarte doeken en zwarte rokken, met alleen de voeten bloot...

Verontrustend én intrigerend, door het waaierachtige van haar gebaren, alsof ze voortgedreven werd door een duivelse wind.

Toen het schip zwaar begon te trillen en eindelijk weer in beweging kwam, hield hij het niet langer uit in zijn hut. Hij schreef een briefje waar ze hem kon vinden en stak het dubbelgevouwen papiertje tussen het onderste paneel van de deur en de dorpel.

Heen en weer lopend tussen de rechter en de linker reling van het promenadedek zag hij hoe vier locomotiefjes aan bakboordzijde en vier aan stuurboordzijde de Southern Cross de eerste sluis binnentrokken, locomotiefjes die zich aan de gekartelde rails vastklampten, over de kade ratelden en het schip aan de strak gespannen kabels in evenwicht hielden.

De deuren sloten zich achter het schip, honderdduizenden liters water bruisten de sluis binnen en de Southern Cross steeg, duidelijk voelbaar, meter voor meter. Tegelijkertijd daalde in de evenwijdig gelegen sluis een Zweeds containerschip; de boeg zakte tot onder de kademuur weg waardoor het hoog beladen schip nietig werd als een speelgoedbootje.

De Southern Cross werd de volgende sluis binnengetrokken, weer door acht diesellocs. Het steeg opnieuw een paar meter, tot het de derde sluis kon binnenvaren, die het schip op gelijke hoogte bracht met het waterniveau van het Gatun Meer.

Hoe rustig en geroutineerd de verschillende etappes ook verliepen, hij volgde ze met ongeduld, draaide zich telkens weer om en rekte zich uit om over de samengedromde dekpassagiers heen te kijken. Nergens een wollen muts met uitgerolde klep, nergens een smal gezicht en een pezige hals.

Traag en statig gleed het schip naar het midden van het meer, een kunstmatig meer, waarvan de aanleg een even grote prestatie was geweest als de bouw van de sluizen. Een technisch wonder, het eerste van de twintigste eeuw, dat samengevallen was met de eerste grote catastrofe: op de dag dat het kanaal officieel geopend werd, brak de Eerste Wereldoorlog uit. Een ander album had hem dat geleerd, waarvan de plaatjes nog vagelijk naar beschuit roken, *Van Suez tot Panama, de geschiedenis van zeven scheepvaartroutes.* Plaatjes van De Lesseps en van de barakken waarin de zwarte dwangarbeiders met honderden tegelijk lagen te kreperen, geveld door de gele koorts.

Hij kreeg het warm. Hij bevond zich plotseling in een besloten wereld, een beklemmende bijna, die uit heuvels en bossen bestond en uit een lage lucht die stoomde van het vocht. De wind was volledig weggevallen, het water op het meer wilde slechts rimpelen wanneer een schip het doorsneed; het werd tien, vijftien graden warmer dan op zee.

Het schip bleef op langzame kracht varen, schoof langs hoog uit het water oprijzende bakens, draaide negentig graden naar het noorden, voer tussen een eiland en een schiereiland door, zich oriënterend op de vuurtorens die vanaf de wal hun lichtseinen over het water wierpen. Uit tegenovergestelde richting naderde een lange rij vrachtschepen.

Het Panamakanaal en het Suezkanaal en de Straat van Malakka en Kaap de Goede Hoop waren de namen geweest die door zijn hoofd speelden toen hij langs de Waalhaven fietste, als oneindig verre bestemmingen die hij ooit nog eens hoopte te bereiken als hij in de voetsporen van zijn vader en zijn grootvader zou treden. Die namen hoorden voor hem bij een kleurrijke manier van leven. En nu legde hij de tachtig mijlen door het Panamakanaal af omdat hij uit verbittering aan boord van een schip was gestapt.

Een halsslagader waardoor hij langzaam naar boven kroop, naar het hoofd, de hersenen en het centrale zenuwstelsel van een land dat bestond bij de gratie van die ene vliezige buis door het oerwoud, een land dat avonturiers had aangetrokken, louche scharrelaars en ontheemden vanuit alle windstreken.

Weer een bocht van negentig graden, naar het oosten ditmaal. De beide oevers leken het schip in de tang te nemen, de begroeiing op de heuvels verdichtte zich tot ondoordringbaar regenwoud. De zon begon al te zakken; hij zocht de schaduw van de schoorsteen op. Nog geen kwartier later keerde hij naar de reling terug, omdat hij daar tenminste een aasje wind langs zijn gezicht voelde strijken.

Het water verengde zich tot een smalle sleuf. Aan weerszijden rezen kliffen en overdadig begroeide heuvels op. Hier was het kanaal niet gegraven maar uit rots en leisteen gehakt. Alleen de in het groen wegduikende spoorlijn herinnerde nog aan de aanleg. Nergens huizen, nergens wegen, alleen bakens en vuurtorens en regenwoud.

'Hoor je de apen?'

Ze stond opeens naast hem.

'Je had ze al veel eerder kunnen horen.'

Ze knikte langzaam.

'Zouden het brulapen zijn of slingerapen?'

'Ik zag daarnet iets slingeren, maar misschien doen brulapen dat ook.'

'En al die vogels. Gekmakend, dat gekrijs.'

'Weerkaatst door de rotsen.'

'Parkieten. Vroeger waren het de parkieten die me 's morgens vroeg wakker maakten.'

Ze keek hem aan. Ze zag erg bleek, alsof ze lang geslapen had en geen douche genomen had na het ontwaken.

'Wat heeft Victorina je verteld?'

Ze zei het met dreiging in haar stem, met nauwelijks verholen woede en met teleurstelling omdat ze nooit verwacht had dat hij haar dochter zou uithoren. Even sterk als ze haar ontroering had laten blijken, gaf ze nu lucht aan haar minachting; ook in haar boosheid was ze vol overgave. Tijdens ruzies moest ze schreeuwen, met deuren slaan, met boeken en borden smijten, of erger nog, zo onhebbelijk snieren dat je zelf beter uit de buurt van de servieskast kon blijven.

'Hoe je aan je gespierde benen komt en aan je uitgerekte hals.'

'Was dat alles?'

'Dat zij noch haar zussen zin in varen hadden maar jou een uitje wilden bezorgen.'

'Wat nobel. En verder?'
'Ze vroeg of ik haar een stukje wilde voorlezen, in het Nederlands.'
'De kleine verleidster. Leuke manier om mamma te pesten.'
'Je overdrijft.'
'Ze was in de wolken toen ze terugkwam in de hut. Je stem doet wonderen. Zo warm.'
'Ze maakt zich zorgen over jou, Gabriela. Je bent een ander sinds je bij je zuster bent geweest.'
'Méér nog sinds je me aangeraakt hebt.'
'Maar het begon in Caracas.'
'Denk je?'
'Jij bent de enige die het kan weten. Ik vermoed alleen.'
'Wat doet het ertoe.'
'Hoe zinloos het misschien ook is, als iemand erin slaagt om iedere minuut en iedere seconde je aandacht te trekken, doet alles ertoe.'
'Mm.'
'Maar ik begrijp je achterdocht.'
'Je had niet met haar mogen praten.'
'Het initiatief is niet van mij uitgegaan. Ik kon haar moeilijk wegsturen. Ze is erg aan je gehecht. Is het je weleens opgevallen dat ze je in alles imiteert, in haar manier van lopen, in haar manier van praten?'
Ze sloeg haar arm om zijn middel, trok zijn shirt omhoog en schoof haar hand onder de band van zijn broek. Haar vingers kriebelden in de haartjes boven zijn stuitje.
'Hoe vind je het oerwoud hier?'
'Overweldigend. Zoveel groen opeens, na de zee.

Het zal anders zijn als je je erdoorheen moet hakken, dan zal het vijandig zijn.'

'Welnee.'

'Hermetisch.'

'Ben je gek, vergeleken bij Misiones is het een siertuin.'

19

Ze sleepte een dekbed van een ligstoel naar het smalle open deel tussen de schoorsteen en de reling van het achterdek. Ze vatte het als een belediging op dat hij haar wilde helpen. Ze trippelde over het dek, op de punten van haar tenen.

Na een monsterende blik schoof ze het dekbed tegen de enige wand die schaduw gaf. Even gedecideerd als ze in zijn hut was geweest, legde ze haar handen op zijn schouders en drukte hem naar beneden. Hij zakte door zijn knieën en ging zitten, met zijn rug tegen de wand; ze ging tegenover hem zitten en kruiste haar benen.

'Woester dan hier. Heter. Klammer. Het vocht droop van de bomen. De vloeren van het huis stonden bol, de matrassen zweetten. Het regende dagen en nachten achtereen... of de aarde scheurde omdat er in geen weken een druppel viel. Dan moest het water in emmers aangedragen worden. Zinken emmers.'

Achter haar gleed het regenwoud voorbij. Ze had het de rug toegedraaid, ze hoefde het alleen te horen om de beelden op te roepen: het oerwoud zat in haar hoofd. Ze keek naar hém, onveranderlijk naar hem, alsof ze geen woord over haar lippen kon krijgen als ze de aanmoediging in zijn ogen miste.

'Het was nog donker wanneer de mannen uit de buurt de eerste emmers brachten. Mestiezen, indianen, een enkele mulat. Voor we in het stadje kwamen wonen, hadden ze nooit een blanke gezien. Ze drongen het huis binnen om een glimp van mijn moeder op te vangen, van haar blote armen, van haar blote kuiten, van haar huid die zo wit was dat ze het niet konden geloven.'

Om haar hals had ze een sjaaltje van soepele organza geknoopt, als een doek om het zweet op te nemen. Het bloed was uit haar gezicht weggetrokken, waardoor het even bleek moest zijn als de huid van haar moeder.

'Mijn moeder was in de bergachtige streken van het westen opgegroeid, in de koelte, in de schaduw, op een *campo* waar twaalf tantes haar uit de zon hielden, zodat alleen haar donkere ogen nog aan haar Italiaanse afkomst herinnerden. Toen ze in Misiones aankwam, hielden de mestiezen haar voor de nazaat van Duitse of Engelse immigranten. Haar te zien baden werd een attractie voor de mannen uit het stadje, net zoiets als naar de film gaan, maar een bioscoop hadden ze nog nooit van binnen gezien, en trouwens, mijn moeder was echter, mijn moeder konden ze bijna aanraken.'

Haar moeder spande gaas voor de houten jaloezieën van de badkamer en spijkerde karton tegen de luikjes van de slaapkamers, waardoor er geen zuchtje wind meer naar binnen woei. De mannen bleven toestromen, de hele dag, met emmers water, en zodra ze die geleegd hadden in de reservoirs van de badkamer en de keuken, loerden ze door de sleutelgaten, die indertijd nog even groot waren als een oog.

Haar moeder scheurde blaadjes uit de bijbel, bespuwde ze, kneedde ze als deeg en propte er de sleutelgaten mee dicht. Telkens wanneer ze zo'n bevochtigd blaadje uit de bijbel als stopverf in de sleutelgaten drukte, riep ze: 'Het is alsof ze mijn ziel willen stelen.'

Haar broers liet het onverschillig; haar moeder en haar zuster maanden haar aan zich zo snel mogelijk te wassen. Het was alleen zo zinderend heet dat ze minstens drie keer per dag water uit de ton moest scheppen om de klamheid van haar lichaam te spoelen, en altijd hoorde ze geschuifel rond het huis.

Haar vader was meestal de hele week op pad, haar moeder sliep met een mes onder het kussen en een pistool onder de matras. Als ze opstond, hoorde ze de emmers alweer rinkelen; als ze met de kinderen op de veranda ontbeet, klommen de waterdragers in de bomen en keken vanaf de takken toe.

Zij waren anders, geen houthakkers, als de meesten, geen dagloners op de matéplantages, geen voortvluchtigen uit Brazilië of Paraguay; zij aten met mes en vork, zij droegen schoenen, en hun huid had het wasachtige van de kaarsen die voor het altaar in de kerk gebrand werden en voor het beeld van de Heilige Maagd.

Haar vader had geen voor- en achternaam in het stadje, hij heette 'de ingenieur', haar moeder werd met 'mevrouw de ingenieur' aangesproken. Ruim hadden ze het niet, ambtenaren in de buitengewesten verdienden een schijntje, en van de enkele steekpenning die haar vader aannam, onderhield hij zijn auto. Hun eten was even karig als het eten van de houthakkers, hun huis werd net als de nabije krotten door petroleumlampen verlicht, maar ze droegen schoenen en hun vader reed in een jeep over de wegen en de paden waarvan hij zelf de loop had bepaald, door lijnen op topografische kaarten te trekken.

Zij was de jongste. Clementina bleef meestal bij moeder thuis en hielp haar bij het bakken van de broden en het slachten van de kippen, zij trok met haar broers op, sloop tussen menshoge varens door, knuppelde slangen dood, schoot op vogels met een katapult. Bang was ze alleen van de nacht, als de ratten over het plaatijzeren dak renden, of van de vroege morgen, als de parkieten krijsten en het gerinkel van de emmers begon.

Buiten was ze niet bang. Haar broers beschermden haar tegen de gevaren van het woud en tegen de jongens uit de streek, die haar wilden aanraken, jongens van twaalf of dertien die in het bos werkten en al even zwaar dronken als hun vaders, jongens die geen letter konden schrijven en hooguit drie jaar naar school waren gegaan om de pater uit de bijbel te horen voorlezen. Die pater was trouwens ook een mesties.

Ze had vriendinnen, in de klas, donkere meisjes die haar waarschuwden nooit het bos in te gaan. Dus volgde ze haar broers die de lianen moesten weghakken voor ze verder konden lopen over de smalle paden. Het stadje sliep, daar viel even weinig te beleven als thuis, waar het daglicht door het karton voor de jaloezieën werd tegengehouden; het stadje telde een winkel, een plein, en een kerk, de kerk met de engelen.

Op haar tiende was ze even sterk als haar broers.

Op haar elfde gleed ze uit op een glibberige helling en verzwikte haar enkel. Haar broers droegen haar de heuvel af en staken een veld over om de wijde bocht die het pad maakte af te snijden. Een onafzichtbaar veld met espartogras, dat ze harde-handjes-gras noemden. Het striemde dwars door een broekspijp heen en als het een zacht stukje huid vond, sneed het als een scheermes.

Eindelijk weer in het bos konden haar broers geen stap meer verzetten. Ze vielen uitgeput neer in de schaduw van een boom en overlegden wat ze zouden doen. Hulp halen in het stadje? Haar alleen achterlaten, tussen anaconda's die een keel konden snoeren? Gaf niet, zei ze; als Misiones je land was, mocht je je niet direct verlaten voelen, als Misiones je land was, hoorde je niet op te schrikken van wuivend gras of geritsel van bladeren. Ze probeerde overeind te komen en viel na een pijnscheut achterover.

Juist toen haar broers haar weer op wilden tillen, verscheen een indiaanse jongen met een lang mes. Zijn halfnaakte lijf glansde. Hij hakte een tak van de boom en gebaarde dat ze op zijn rug moest springen. De tak schoof hij onder haar knieën en drukte hij tegen zijn buik. Ze vond steun op zijn rug en op de tak die hij tussen zijn knuisten hield. Hij liep kilometers met haar, rustig, zonder te hijgen.

Hij was kleiner dan zijn leeftijdgenoten, tengerder. Als hij glimlachte, trilden zijn wangen. Haar moeder braadde een kip voor hem; hij at met zijn handen. Na iedere hap likte hij zijn vingers af, zodat ze vetloos bleven. Smalle bruine vingers. Van die vingers huiverde ze niet – die vingers mochten haar aanraken.

Voortaan doorkruiste ze het woud met hem. Ze hoorde de verhalen die de houthakkers elkaar vertelden, over de geesten die in de bomen huisden, over insecten die ziektes uit het bloed konden zuigen, over bladeren die wonden genazen. Ze hoorde over de opzichters die de houthakkers met de zweep afranselden en weigerden hun lonen uit te betalen, ze hoorde over ongelukken – iedere houthakker miste wel een vinger of een teen. Maar zíjn vingers raakten haar niet aan.

Op haar twaalfde sprak ze de taal van de indianen en wilde nooit meer weg uit Misiones. Het was het land waar ze haar eerste voetstappen in de rode modder had gedrukt, het was de streek waarvan ze iedere geur kende. Ze zou er gebleven zijn wanneer haar vader niet door de malaria was geveld, ze zou er net zoals haar broers radio-onderwijs hebben genoten wanneer haar vader niet in bed had liggen te schudden van de koorts. Nadat hij weken op het randje van de dood had gezweefd en de priester hem het heilige oliesel al had toegediend, verhuisden ze naar de hoofdstad. Het was vier dagen rijden naar Buenos Aires.

De slaapkamer deelde ze nu met haar zus; de zitkamer was tegelijk eetkamer. Ze hoefde maar even binnen te zitten om het benauwd te krijgen; vanaf het moment dat ze lopen kon, was ze buiten geweest. Zelfs op school had ze buiten gezeten: de lessen werden onder een grote tamarindeboom gegeven en de banken stonden in het zand. Haar jeugd was een lijfelijke geweest, lopen, baden in de rivier, klimmen, vechten. Ze kon niet stilzitten; haar moeder gaf haar een pop, maar ze wist niet wat ze met dat ding moest doen; in Misiones had ze alleen met houten wagentjes en houten beesten gespeeld, gemaakt door de indianen. Ze moest springen, klimmen.

Haar vader stuurde haar naar ballet.

'De rest weet je al, van mijn dochter.'

Hij knikte langzaam.

'Heb je haar weleens verteld waarom je je land verlaten hebt?'

'Nog niet. Later.'

'Hoe kan ik het dan weten?'

Ze nam hem onderzoekend op van onder haar brede wenkbrauwen. Italiaanse afkomst van moederszijde, Zuid-Italiaans ongetwijfeld. Door die brede wenkbrauwen lette hij vooral op haar ogen en veel minder op haar neus, die net iets te geprononceerd was voor haar smalle gezicht en die misschien weleens gebroken was, tijdens de woeste spelletjes die ze in het oerwoud speelde.

'Je vader stuurde je naar ballet.'

'Ja. Fysiek behoorde ik direct tot de sterksten. Wat ik leren moest was gratie. Sierlijkheid.'

Het kostte haar jaren.

De Russinnen die haar drilden – allemaal gevlucht voor Stalin en allemaal even dictatoriaal – voorspelden haar een glanzende loopbaan, als ze het tenminste in het moderne zou zoeken. Ze zocht nergens naar. De meeste meisjes dansten om hun moeder te behagen, zij danste omdat ze niet stil kon zitten. Haar moeder moedigde haar alleen aan door haar stevige kost voor te schotelen; haar moeder vond die hele theaterwereld aanstellerij, niet iets voor hun-soort-mensen, haar moeder verwachtte dat ze op een dag wel uitgesprongen zou zijn en een normaal beroep zou leren. Als ze uitgeput thuiskwam, mopperde ze: 'Kind, ga toch in het onderwijs, dan kun je de hele dag op je luie kont zitten.'

Van school liep ze naar de studio, van de studio naar huis. Ze at en viel voor de tv in slaap. Af en toe schrok ze wakker van de alarmerende stem van een verslaggever die een aanslag becommentarieerde. Dan stopte ze de vingers in haar oren.

De ene dag werd er geen post bezorgd, de andere dag zweeg de telefoon en de derde dag kwam er geen druppel water uit de kraan. De sfeer werd dreigender. Naar de oorzaken zocht ze niet, ze las geen kranten. Soms zeiden haar broers dat de terreur slechts een middel was om paniek te zaaien; soms beweerde haar zus, die inmiddels met een persfotograaf was getrouwd, dat er een putsch in de lucht zat. Het waren vreemde woorden voor haar, 'putsch' moest ze in het woordenboek opzoeken.

Ze was zeventien, bijna achttien, toen de militairen de macht grepen. De vuile oorlog brak uit. Een burgeroorlog die het land in drie kampen verdeelde: zij die het voor het zeggen hadden, zij die werden vervolgd en zij die de ogen dichtknepen en angstig zwegen. Haar familie zweeg.

Mensen werden opgepakt, mensen verdwenen. Mensen bij haar uit de buurt, mensen bij haar uit de straat. In sommige huizen bleef het opeens donker. Niemand kon zeggen wat er met de bewoners was gebeurd.

De stad werd macaber, zodra de avond viel loeiden de sirenes. Ze meed de theaters, ze ging niet meer naar de bioscoop of het café of naar een danslokaal. Buitenshuis leek iedereen in een schim te veranderen en de films die ze wilde zien, mochten niet meer worden vertoond.

Omdat er voor een ongeoefend oog weinig opruiends in viel te bespeuren, bemoeide de censuur zich niet met de dans. De muziek zette al evenmin tot protest aan; op het conservatorium bleef in de lokalen en de gangen Mozart klinken en in de balletstudio's Prokofjev, als vanouds.

Op een middag, na de les, hoorde ze twee ballerina's op de communisten afgeven. Parmantige zwaantjes uit de betere wijken van de stad; bepoederde neuzen, bepoederde puistjes. Ze spraken over communisten als over straatrovers die je een donkere steeg in trekken en je het mes op de keel zetten; dankzij de generaals konden ze tenminste weer veilig winkelen.

Ze hoorde het een tijdje aan, en ontstak in woede. Wat wisten ze van de communisten af? Wat wisten ze van hun eigen land? Waren ze weleens in Misiones geweest? Wisten ze eigenlijk wel waar het lag? Kenden ze het lot van de houthakkers en de vrouwen op de matéplantages? Als ze daar hun jeugd hadden doorgebracht, zouden ze niet van die truttige onzin uitkramen. Ze riep dat haar vader er vijftien jaar had gezwoegd, ze riep dat haar vader een keer op de communisten had gestemd, omdat de communisten de enigen waren die de dwangarbeid wilden afschaffen.

Ze had geen spijt van haar uitval. Ze had gesproken als iemand uit Misiones. Met een voldaan gevoel keerde ze naar huis terug.

De volgende dag zocht het tweetal een andere kleedkamer op toen ze onder de douche stapte. Ze negeerde het augurenlachje dat die twee elkaar toewierpen, ze voelde alleen voldoening en riep de meiden na dat ze veel te vetzuchtig waren om ooit een behoorlijke pirouette te kunnen draaien. Dat had ze nooit mogen zeggen; onder normale omstandigheden waren ballerina's al in staat om glasscherven in de spitzen van hun belangrijkste concurrenten te stoppen.

De dag daarop was een zaterdag.

Haar vader en moeder en haar beide broers waren thuis. Om elf uur belde haar zus op dat ze mee zou eten, om twaalf uur schoof ze bij hen aan tafel. Clementina was hoogzwanger, haar man had die zaterdag dienst.

Ze aten, ze deden een dutje. Haar vader en haar broers keken naar een voetbalwedstrijd op de televisie, haar moeder maakte maté klaar, zij deed de afwas.

Hun appartement lag op de eerste verdieping. Ze stond nog in de keuken toen de militairen het huis binnenvielen. Door de half geopende deur zag ze hoe de agenten van de veiligheidsdienst haar vader beetgrepen, haar moeder, die net de maté had rondgedeeld, haar broers, en haar zus, die ogenblikkelijk op de grond ging liggen. Clementina sleepten ze aan haar haren naar de voordeur. Haar bolle buik botste tegen het paneel en met de inhoud van haar maag golfde een kreet over haar lippen.

'M'n kind.'

Gabriela deed een stap terug. Ze draaide zich naar het raam, ze nam een aanloop, ze beschermde haar ogen, haar neus en haar mond met haar handen en sprong dwars door het glas.

Dat ze op haar voeten op de binnenplaats terechtkwam vond ze een wonder; tijdens de vier meter naar beneden had ze kunnen kantelen waardoor ze op haar rug terecht had kunnen komen of op haar zij. Ze geloofde zelf niet dat ze gewoon weg kon lopen.

De deur naar de berghokken op de begane grond zat doorgaans op slot. Alweer een wonder dat hij op een kier stond. Ze liep naar de andere kant van het gebouw, glipte naar buiten. Een man startte net zijn auto. Hij drukte op de claxon, wees naar haar voorhoofd: het bloed droop langs haar slapen.

Hij gebood haar op de vloer te gaan liggen, tussen de voor- en de achterbank. Hij reed langzaam weg, langs de jeeps en de motorfietsen van de veiligheidsdienst. Hij nam nog wat gas terug, om geen argwaan te wekken. Pas toen hij de militairen gepasseerd was, hoorde hij een snerpend fluitje. Hij reed rustig door.

Hij bracht haar naar een dokter die lang in het bestuur van de inmiddels verboden Radicale Partij had gezeten. Hij woonde drie wijken verderop. Tijdens het hechten viel ze flauw. De volgende morgen maakte de vrouw van de dokter haar wakker. Ze had negen uur achtereen geslapen.

De vrouw zei dat ze weg moest uit de stad, de dokter vroeg of iemand haar helpen kon. Ze dacht een uur lang na. Toen herinnerde ze zich Hugo. Een rustige jongen met wie ze vaak had zitten praten tijdens de grote pauze, op een bankje in het park. Hij ging altijd koffie voor haar halen, twee bekertjes espresso. Hij zat twee klassen hoger, ze vond hem attent. Hij had haar een keer gezoend, maar dat had hij onhandig gedaan; meteen zijn tong in haar mond.

Hij had een Russische naam. In het telefoonboek stond maar één Obrizki.

Ze belde, kreeg eerst zijn broer aan de telefoon. Hugo stotterde. Hij kon haar niet direct plaatsen. Gaby? School? Twee espresso's met drie suikerklontjes?

Door de bekertjes espresso herinnerde hij zich haar weer: mierzoet. Hij studeerde al.

In wat voor moeilijkheden ze zat, kon ze hem niet een-twee-drie duidelijk maken. Gaf niet, hij zou wel naar haar toekomen, in de auto van zijn broer.

Pas toen ze de hoorn neerlegde, realiseerde ze zich dat ze de verkeerde had gebeld. Dommer had ze niet kunnen zijn, Hugo was wel ongeveer de laatste die haar zou willen helpen.

'Hij behoorde tot het verkeerde kamp. Door zijn vader. Onbegrijpelijk dat ik het vergeten was. Hugo's vader was legerofficier. Kolonel bij de luchtmacht.'

20

Ze had dorst.

Terwijl hij de trappen van de achterste dekken afdaalde, vroeg hij zich af waarom de langzame ontmanteling die liefde heet op zijn werk moest lijken. Verdachten kregen ook altijd dorst tijdens verhoren, of konden geen woord meer uitbrengen voor ze hun hoofd onder de kraan hadden gehouden.

Aan de bar liet hij iemand voorgaan die achter hem stond. Zelfs als hij wilde, zou hij geen haast kunnen maken. Hij had een trage geest die weliswaar alles opnam maar het niet sneller deed dan een spons. Hij vertoefde nog in haar land, dat hij nooit bezocht had en waarvan hij zich afvroeg of hij het ooit bezoeken zou. Naarmate ze meer over het land van haar jeugd vertelde, kwam het voor hem verder weg te liggen, in afstand maar vooral in tijd. Haar land strekte zich over schimmige jaren uit.

Het schip stak het tweede meer over, het veel kleinere Miraflores Meer, dat even rimpelloos was als het Gatun Meer. Ver onder die gladde spiegel lagen barakken, britsen, pikhouwelen, rails, dwarsliggers, locomotieven, wagons, door de Fransen achtergelaten na hun hopeloos mislukte poging het kanaal te graven. En meer nog, schoenen, schedels, geraamtes. Geschiedenis, weggezakt in een modderige bodem, voor eeuwig rustend, en toch ook weer niet, want soms komt een schoen bovendrijven of een biel of een plankje met de naam van de locomotief erop.

Vergeleken met de hare waren zijn herinneringen argeloos als kinderrijmpjes. Door de omstandigheden, die van een landerige vreedzaamheid waren geweest. In een vuile omgeving telt het kleinste schoonheidsfoutje; je even laten gaan kan je hele familie achter de tralies zetten. Het enige strenge in zijn dorp waren de letters op de schoolgevel geweest, en op die School met den Bijbel had hij wel over de hel gehoord, maar er over horen is iets anders dan er middenin zitten.

Wat zou ze willen drinken? Hij hield het op water. Met twee flesjes keerde hij naar het bovenste dek terug, en na iedere trap bleef hij even staan, om een glimp van de groene oevers op te vangen. Niemand wint het van zijn omgeving: als ze de vogels van het regenwoud niet had horen krassen en krijsen zou ze minder openhartig zijn geweest.

Ze was languit op het dekbed gaan liggen. Handen op haar buik, ogen gesloten. Hij zakte door zijn knieën, zette de flesjes naast haar neer en kuste haar op de mond. Ze schoot overeind.

'Weet wie je zoent.'

Hij sloeg zijn arm om haar middel en drukte haar bovenlijf stijf tegen zich aan. Ze verzette zich niet, ze week geen millimeter. Door de dunne body heen voelde hij haar borsten, het pompen van haar hart.

'Misschien moet je naar Hugo terug. Hij vraagt zich vast af waar je uithangt.'

'Hugo reed me naar het noorden. Naar Misiones.'

Ze zette het flesje aan haar mond en dronk het in één teug leeg.

Halve openhartigheid bestaat niet, ook dat wist hij uit ervaring: iemand wil alles kwijt of niets.

'Daar kende ik de weg. Daar kende ik de mazen in het net. Drie, vier paden die over de denkbeeldige stippellijn voerden die de grens met Brazilië was.'

Ze knoopte het sjaaltje los en veegde het zweet van haar voorhoofd. Met wijd uitgestrekte vingers kamde ze de haren uit haar hals. Ofschoon hij een sterke begeerte voelde opkomen, verroerde hij zich niet. Ze zou het als onverschilligheid opvatten wanneer hij zich vooroverboog en haar het zwijgen oplegde door zijn lippen op haar mond te drukken.

'Eenmaal buiten de stad vertelde ik Hugo wat me overkomen was. Hij zei niets. Ik verwachtte dat hij me bij de eerstvolgende bushalte uit de auto zou zetten. Later bekende hij me dat hij zelf ook niet goed wist waarom hij doorgereden was.'

Ze nam nog een slok, uit zijn flesje.

'Hij koos smalle wegen. Op de hoofdwegen zouden we om de zoveel kilometer op de spijkerstrips van de vliegende brigades stuiten. We waren dagen onderweg, sliepen in herbergen. Ik had geen cent bij me, hij voldoende voor een paar dagen, als we het tenminste zuinig aan deden. Om kosten te besparen sliepen we in dezelfde kamer. Eerst ver uit elkaar. Toen gewoon naast elkaar. Op de derde nacht voelde ik zijn hand op mijn buik.'

Dit wilde hij niet horen. Nu niet. Nooit. Hij kende haar vijf dagen, maar zijn jaloezie strekte zich over haar hele leven uit. Zelfs de jongen met de smalle vingers in Misiones beviel hem niet.

'Hugo belde met zijn vader. Ik hoorde hem stotteren. Zijn vader verklaarde hem voor gek. Dagenlang verkeerde hij in gewetensnood. Hij zei er weer niets over. Het enige wat hij me vertelde was dat zijn vader hem, toen hij een jaar of twaalf was, af en toe meenam in transportvliegtuigen van het leger. Hij mocht dan even aan de stuurknuppel trekken, waardoor het vliegtuig naar beneden dook. Zo'n vader kun je niet verachten.'

Zou het zo zijn? Zou een jongeman van rond de twintig het zijn vader door één enkele herinnering vergeven dat hij een uniform droeg, ten tijde van een junta?

'Door jou te helpen kon hij zich ontdoen van de smet die aan zijn familie kleefde. Kon hij aantonen dat hij, in tegenstelling tot zijn vader, niet met het regime heulde.'

'Misschien.'

Hoe onbaatzuchtiger Hugo uit haar verslag van de gebeurtenissen naar voren kwam, hoe nietiger hij zichzelf voelde. Hugo was de hindernis die hij nemen moest om nader tot haar te komen, Hugo die nooit iets zei en rustig grijnsde, omdat hij diep in zijn hart wist dat hij het gelijk aan zijn zijde had en altijd onfeilbaar voor haar zou blijven, hoe onverschillig hij zich ook gedroeg.

'Ik voelde dat hij bang was.'

'En jij nam zijn angst weg door je naar hem toe te draaien.'

'Zijn angst en de mijne. Het was het enige wat mijn gedachten afleidde.'

Hij zag haar de riem van zijn broek losrukken. Was het dezelfde angst geweest die haar opgewonden had?

Merel had hem ooit bekend dat niets haar een

groter genot verschafte dan het delen van geheimen, maar hij betwijfelde of je je daardoor in een ander kon verliezen. Met haar geheimen zaaide Gabriela slechts twijfel. Hij zou daar minder vatbaar voor zijn geweest wanneer ze hem in vertrouwen had genomen terwijl ze naakt tegen hem aan lag en zijn gezicht betastte; de ene intimiteit zou de andere dan hebben opgeheven. Door het zo te horen, terwijl zij als een boeddha tegenover hem zat, onderging hij het als het doorprikken van een zeepbel waarin hij slechts betovering had gezien.

'Lichamelijk deed het me niets.'

Háár doekje voor het bloeden. Ze moest de teleurstelling in zijn ogen hebben opgemerkt, maar daarmee nam ze zijn twijfel nog niet weg. Twijfel duurt altijd langer dan zekerheid, zoals ontrouw een dieper spoor trekt dan trouw.

'Het laatste stuk konden we maar één weg nemen; er was geen andere. Vlak voor we Misiones bereikten, stuitten we op een wegversperring. Onmogelijk die te ontwijken; voor we goed en wel stilstonden, waren we omsingeld door zwaarbewapende militairen. We werden gearresteerd en naar het dichtstbijzijnde politiebureau overgebracht.'

Haar stem klonk anders dan toen ze over haar jongste jaren vertelde, hoger, scherper, snerpender.

'Hugo beweerde dat hij mij een lift had gegeven. Ik onderging het als verraad. Ik begreep heus wel dat het de enige manier was waarop hij zich eruit kon draaien, ik vergat niet dat hij zich omwille van mij in de nesten had gewerkt, en ik zou het hem vergeven hebben wanneer hij me die morgen niet in zijn armen had gehouden en hij niet op mijn schouder had liggen hijgen. Er bestaat zoiets als eer; jullie Europeanen vinden dat parmantig, voor ons staat het gelijk aan trots. Voor jullie neigt trots naar zelfingenomenheid, voor ons bepaalt trots het verschil tussen sterk en slap. Zijn trots, meende ik, had hem in de steek gelaten. Ik kon toen nog niet weten dat Hugo altijd een stap verder denkt, dat hij zijn doel nooit uit het oog verliest en zijn strategie erop afstemt.'

Hugo de Wijze. Nooit zou ze het respect voor hem verliezen, hoezeer ze hem ook bedroog.

'Na de ondervraging, die de hele middag duurde, werd hij vrijgelaten, wat hij alleen voor elkaar had gekregen door voortdurend de rang van zijn vader te noemen, zoals een arme non zich op de bescherming van de bisschop beroept. Hij had niet kunnen verklaren waarom hij zich een moeizame duizend kilometer van de hoofdstad had verwijderd, en geen van de ondervragers geloofde dat hij me pas de vorige avond had opgepikt, zoals hij beweerde.

Aan mij werd niets gevraagd, behalve mijn identiteitsbewijs. Er was een opsporingsbevel tegen me uitgevaardigd, en trouwens, de hechtingen op mijn voorhoofd spraken boekdelen.

Ik werd op transport naar Buenos Aires gesteld. Een halve dag rijden met drie agenten in een Landrover. Op het vliegveld werd ik overgedragen aan twee andere agenten die in het vliegtuig naast me bleven zitten. De ene agent sliep de hele reis, de andere, een kleine gedrongen man met spleetogen, betastte me van mijn knieën tot aan mijn buik.

De volgende dag was ik in Buenos Aires terug. Ik werd in de cel van een kazerne opgesloten.

Het...'

Nu begon het moeilijk voor haar te worden, nu moest ze naar woorden zoeken. Voor het eerst ontweek ze zijn blik en kneep ze haar ogen half dicht.

'Het verhoor begon pas een week later. De cellen zaten overvol; mijn cel deelde ik met zeven vrouwen; de veiligheidsdienst had werk voor maanden. Mijn geval woog kennelijk minder zwaar.

Ik werd ondervraagd door een jonge luitenant, een mooie jongen met een flemende stem. Om de laatste restjes weerstand bij me weg te nemen, vertelde hij me dat mijn zus in de cel een miskraam had gekregen. Ik geloofde hem niet, waarna hij me naar de ziekenboeg begeleidde. Door een raam mocht ik mijn zus zien. Ze was er ellendig aan toe. Heel even keek ze me aan, met verachting in haar ogen. Ik was weggevlucht, ik had geen vinger naar haar uitgestoken. Dat ze inderdaad haar kind had verloren, weigerde ik te geloven, maar ik zag wel dat ze gebroken was. En dat had ik op mijn geweten.

Het maakte me eerder opstandig dan weerloos. Ik gaf geen antwoord op de vragen die de luitenant me stelde, vragen over mijn familie, vragen over de rol die mijn vader binnen de communistische partij speelde. Af en toe schudde ik het hoofd. Hoe gestoord ik mijn land ook gevonden had, voor waanzin leek het me net iets te sceptisch. Je schat je eigen land altijd te hoog in: het was volslagen idioot geworden. Op grond van één zinnetje dat ik in mijn woede had uitgesproken was een complete machinerie op gang gekomen. Ik had het gevoel een tunnel binnen te gaan die nooit meer boven de grond zou komen.

Zijn kamer was... als jouw kamer. Dat vermoed ik

althans. Hoe ziet jouw werkkamer eruit?'

'Op het hof?'

'Ja.'

'Schemerig.'

Hij schraapte zijn keel.

'Dikwijls...'

De hitte greep hem naar de strot.

'Dikwijls moet ik halverwege de middag de bureaulamp aanknippen... Een mahoniehouten bureau... Naast de telefoon een foto van mijn ouders en mijn broer aan boord van de Santa Maria. Drie stoelen. Twee tafels om alle stukken op te leggen. Wetboeken tegen de wand.'

'Zo zag zijn kamer eruit, zonder de wetboeken, en met een andere foto, van een man in uniform.'

Hij werd drijfnat. Hij slikte, zoals je slikt om het bitter smakende speeksel uit je mond te laten verdwijnen wanneer je een valse beschuldiging tegen je hoort uiten. Hij drukte zijn hand tegen zijn borst.

Het briesje kwam net op tijd. Het blies de hitte uit zijn hals en zijn nek, het blies het waas weg dat voor zijn ogen hing.

'Drie dagen lang zei ik geen woord. De vierde dag moest ik voor hem neerknielen en mijn hoofd op zijn gulp leggen. Uit de bureaula pakte hij een schaar. Eerst liet hij zijn vingers door mijn lange haren glijden, toen begon hij te knippen. Steeds klemde hij een bosje haar in zijn hand en gaf er een harde ruk aan, voor hij het afknipte. Onderwijl voelde ik zijn geslacht zwellen. Toen hij me bijna kaalgeknipt had, kon ik me niet meer beheersen. Dwars door de stof van zijn broek heen beet ik hem in zijn pik. Hij schreeuwde het uit, sprong overeind en sloeg me.

Hij sloeg zo hard dat ik het bloed in mijn mond proefde. Terug in mijn cel voelde ik dat ik een voortand miste.

Ik gaf mezelf geen enkele kans meer. Ik zou gemarteld en gefolterd worden, ik zou bekennen wat de militairen wilden dat ik bekennen zou. De zwaarste aanklacht zou ik tekenen, tegen mijn vader, tegen mijn moeder, tegen mijn broers, tegen mijn zuster. Het kwam door die tand. Toen ik voelde dat ik die tand miste, wist ik dat ik nooit meer in een spiegel zou kijken.

Ik ontwaakte uit een lange versuffing toen een vrouwelijke cipier het hek van mijn cel ontgrendelde. Ze begeleidde me naar een kamer waar ik mijn eigen kleren terugkreeg. Nadat ik een papiertje getekend had, leidde ze me naar de poort van de kazerne. Aan de andere kant van het hek stond Hugo op me te wachten.'

Ze knikte.

'Hugo.'

Ze knikte nogmaals, en zweeg.

'Hugo,' zei hij.

'Ja, Hugo.'

'Hugo had je vrijgekregen.'

'Zonder een woord te zeggen reed hij me naar huis. Thuis zaten mijn vader, mijn moeder, mijn broers en mijn zuster rond de tafel. Ik hurkte voor mijn zuster neer en voelde aan haar buik. Zij betastte mijn kaalgeknipte hoofd.

De maand daarop werd ik niet ongesteld. Tina had haar kind verloren, ik was in verwachting. Later zou ze me iedere maand schrijven, en iedere brief eindigde ze met: *ik houd van je, en niet ondanks alles maar met alles.*

Ik zei tegen Hugo dat hij niet met me hoefde te trouwen. Hij had al voldoende voor me gedaan door zijn vader in te schakelen, wat hem dagen praten had gekost en hem een vonnis had opgeleverd waar hij zijn hele verdere leven onder zou lijden – zijn vader beloofde hem weliswaar te helpen maar wilde hem nooit meer zien, noch thuis, noch ergens anders.'

Weggestuurd. Opgeofferd om de reputatie van zijn vader niet te laten sneuvelen. De Izak van Buenos Aires.

'Hugo vroeg of ik het kind wilde houden of dat ik het wilde laten wegmaken. Ik zei dat er door mijn stupide gedrag al één kind in mijn familie verdwenen was en dat ik er geen tweede aan wilde toevoegen. Toen vroeg hij wanneer ik wilde trouwen.

Na ons huwelijk – we reden in een taxi naar het stadhuis en aten 's middags een ijsje tussen de bronzen leeuwen in het Lezamapark, de enige festiviteit waaraan we ons bezondigden – betrokken we een tweekamerflat in een buitenwijk, niet ver van de Río de la Plata. Daar werd Victorina geboren.

Ze was elf maanden oud toen Hugo op een middag thuiskwam en zei dat hij het geen week meer in het land uithield. Ik vroeg waarom. Hij wilde het me pas de volgende dag vertellen.

Hugo ging regelmatig verse vis halen bij de vissers van de Río de la Plata. Ze hadden hem laten zien wat ze uit hun netten visten. Handen. Armen. Hoofden. Of voeten in het cement.

Vóór Buenos Aires is de Río de la Plata zo breed als een binnenzee. Vrijwel iedere dag kwam er tegen de avond een transportvliegtuig van de luchtmacht laag over de rivier vliegen. Aan boord zaten politieke gevangenen, met hun voeten in een houten bak. In die bakken werd cement gestort. Als het cement hard geworden was, ging de deur van het vliegtuig open en duwden de militairen de gevangenen naar buiten. Een vliegtuig van het type waarin Hugo als jongen aan de stuurknuppel had mogen trekken.'

Ze vouwde haar handen, ze boog het hoofd.

'Een maand later waren we in Panama.'

'Waar je niet meer aan de slag kon.'

'O nee, ik kreeg direct aanbiedingen, maar ik wilde nooit meer op een toneel staan. Het idee dat mensen naar me zouden kijken, vond ik even absurd als onverdraaglijk.'

Ze glimlachte dof.

'Wil je me nu nog zoenen?'

Niet ondanks alles, met alles. Hoewel ze hem toch nog eens eerlijk moest zeggen voor wie ze hem precies hield wanneer ze haar ogen sloot. Wat hoorde ze in zijn stem, wie schemerde achter zijn blik?

'Lelijk van binnen, lelijk van buiten. Dat gevoel heeft me maar één keer verlaten. Even. Heel even. Je weet wanneer dat was. Ooit zal ik het mijn kinderen proberen duidelijk te maken. Als ze menselijk zijn, zullen ze me dat ene moment vergeven.'

'Het zou zich kunnen herhalen.'

'Als ik die indruk heb, zal ik het je laten weten.'

Ze stond op en liep weg. Ze verdween voor hij zich voorover had kunnen buigen, voor hij haar lippen en haar wangen had kunnen aanraken, haar voorhoofd en haar hals, haar handen en haar armen.

21

De avond viel, de *atardi*, zeiden ze op zijn eiland. Een gevaarlijk moment: het laatste rood verdwijnt uit de hemel, de duisternis grijpt om zich heen, en een eenzame keel zingt: *Pereu ku solo mi ke sambuyá* – gelijk met de zon wil ik ondergaan.

Overal in de tropen doemt een diep donker gat op zodra de gloed boven de einder dooft. Behalve langs het kanaal: daar floepte direct na de schemering het licht weer aan en drongen schijnwerpers de duisternis tot ver buiten de oevers terug.

In dat witte kunstmatige licht naderde het schip de Miraflores-sluizen. Aan de achterplecht hing een sleepboot, klaar om de vaart uit het logge gevaarte te nemen zodra het zich tussen de betonnen muren wrong en op de sluisdeuren afstevende. De lucht zoemde van de insecten die zich met trossen tegelijk op het schip wierpen en van de krekels in het woud. Zijn blik stuitte op bos, dat in de bundels licht meer op een groenstrook langs een snelweg leek dan op een wildernis. Of keek hij nu met haar ogen en zocht hij tevergeefs naar het harde-handjes-gras?

Zijn broek plakte aan zijn benen, zijn shirt aan zijn rug. Hij keerde naar zijn hut terug, nam een douche en trok de stadskleren aan die hij in de kast had laten hangen.

Hij had wat meer compassie moeten tonen in plaats van naar haar te luisteren alsof hij de zoveelste verklaring afnam. Meer betrokkenheid, begrip, deernis. Ofschoon Gabriela hem nauwelijks de gelegenheid had geboden om ook maar iets daarvan aan de dag te leggen. Ze had hem dat ene moment willen verklaren alsof ze hem het idee uit het hoofd wilde praten dat ze uit pure begeerte naar zijn hut was gesneld. Hoewel hij ervan overtuigd bleef dat ze ook zelf even in die zalige verrukking had geloofd.

Hij sloeg het bed open. Hij boog zich voorover, drukte het laken tegen zijn neus. Het was inmiddels verschoond. Gewassen en gesteven, van alle sappen en luchtjes ontdaan, teruggelegd op dit bed of een willekeurig ander. Voortaan zou hij moeten gissen naar de geur die ze samen hadden verspreid. Afgaan op zijn geheugen en dan nog slechts bij benadering vaststellen wat hij ooit aan bitters en zoets in dat laken had geroken.

Gabriela had hem veel verteld. Niet alles. Hij was er zeker van dat ze nog één geheim met zich meedroeg en dat ze zich zo haastig uit de voeten had gemaakt om het voor zichzelf te bewaren. Als ze werkelijk om hem gaf, zou ze zelfs dat laatste geheim willen prijsgeven, hoewel de tijd begon te dringen en ze misschien al met veel praktischer dingen bezig was, met het aan kant brengen van haar wanordelijke hut of met het vlechten van Monica's haren.

Bij de deur van de eetzaal kondigde het prikbord een koud buffet aan. Hij schepte zijn bord vol met aardappel-, zalm- en huzarensalades en overdekte de brij met plakken ham. Voor de wijn koos hij een limonadeglas dat hij tot aan de rand vulde. Hij nam alvast een slok, voor hij vork en mes pakte.

Hij ging aan de ronde tafel bij de patrijspoorten zitten en schoof de nog vrijwel volle borden opzij, wat de borden van de kieskeurige dochters Obrizki konden zijn. In dat geval zouden de schoon gegeten borden wel van hun vader zijn geweest. Eerst een voorafje, toen het hoofdgerecht; rustig opgepeuzeld, hoewel mammie ontbrak. Na de maaltijd zou hij rustig naar zijn vorstelijke hut zijn teruggekeerd om de koffers te pakken, en daar had hij dan eindelijk Gabriela aangetroffen, die hem zwijgend de badhanddoek aanreikte zodat hij haar rug kon afdrogen en zij hem niet recht in de ogen hoefde te kijken.

Hij vergiste zich: aan de andere kant van de eetzaal merkte hij Hugo op, die zich over de desserttafel boog. De bavaroise at hij staande op. Haar redder. Was hij het werkelijk geweest? Hij had zijn vader ingeschakeld, die op zijn beurt de hulp van zijn barbaarse vriendjes had ingeroepen. Daar was weinig koelbloedigheid aan te pas gekomen. Hij had Gabriela naar het noorden gereden, wat hij niet had hoeven doen. Misschien had hij toen al, dwars door de voorruit heen, de haartjes op haar blote buik gezien in plaats van de kaarsrechte weg door de pampa's. Gewoon geilheid dus, het troebele motief van iedere man.

Tijdens de eerste avond die hij in het gezelschap van de Obrizki's had doorgebracht, had Hugo zijn dochters aan deze zelfde tafel voorgehouden dat hij van zijn vader met de riem op de billen kreeg wanneer hij zijn bord niet leegat. Om dat niet langer te hoeven aanhoren, had Gabriela met vinnige pasjes de eetzaal verlaten. Het militaire had Hugo getekend, tot in zijn houding en zijn stramme blik. Iedere keer wanneer Gabriela naar hem keek, moest ze de zoon van de kolonel in hem herkennen. Door die hoedanigheid had hij haar vrijgekregen, maar tegelijkertijd verachtte ze het militaire in hem, omdat het haar aan de luitenant herinnerde.

Hugo knikte in zijn richting, Lucas stak zijn hand op. Ze bleven beleefd tegen elkaar, tot op het laatst. Wat zou Hugo nu denken? Een rechter die het met mijn vrouw aanlegt – is dat rechtvaardig? Niemand moest hem meer verachten dan hij, al was Hugo er de man niet naar om daar iets van te laten blijken. Of had hij geen enkel gevoel meer, was het gedoofd, gesmoord, vermorzeld, toen de vissers van de Río de la Plata hem hun vondsten hadden laten zien?

'Jij groeide in een fatsoenlijk land op.'

'Wat zegt dat nou?'

'Veel. Misschien wel alles.'

Voeten in een bak specie. Hij kon zich geen helsere dood voorstellen. Het cement hard voelen worden, de val in de leegte, de klap op het water die je ribben en je ledematen brak, de doodsstrijd in de rivier die seconden tot weken rekte en minuten tot jaren... Een marteling die nog martelender werd als je bedacht dat die door jouw landgenoten was begaan, door jouw buren of door de collega's van jouw vader.

Hugo verliet de zaal, Lucas schoof zijn bord weg en vroeg zich af wat hij in de resterende tijd moest doen. Afscheid nemen van de Obrizki's? Zonder het geringste blijk van schroom aan de deur kloppen, Hugo de hand schudden, de meisjes over de bol aaien en Gabriela vluchtig op de wangen zoenen? Onbarmhartiger zou hij zich niet kunnen gedragen, terwijl hij haar juist wilde vragen of ze nog iets voor het huis aan zee voelde, het huis van hout...

Het was maar het beste om terug te keren naar de plek waar het allemaal begonnen was, op het een na bovenste dek, aan de reling, waar zijn verleden opgeborreld was en waar de toekomst hem plotseling toegestraald had, door een ontroerd 'mm' dat hij nog duizend keer had willen horen.

Leunend op de mahoniehouten balk vervloekte hij het verlangen dat hem de zee op had gejaagd. Door te reizen liep je weliswaar geen scheurbuik meer op, noch gele koorts, maar de kans dat je een ander leven binnenzeilde als een baai vol klippen en verraderlijke stromingen, nam zienderogen toe. Wat je aan zo'n omzwerving overhield waren dezelfde tegenstrijdige gevoelens als aan een dwaling.

Domme Gabriela. Waarom had ze zichzelf bloot willen geven, tot op het bot? Tot op de huid zou voldoende zijn geweest, tot op het tanige vel dat haar binnenste beschermde. Ze had zichzelf willen beschimpen, om een begin van weerzin bij hem te wekken of om hem duidelijk te maken dat ze geen liefde verdiende, eerder straf.

Het schip voer de laatste sluis uit. De lichtjes aan de horizon moesten de lichtjes van de Bridge of the Americas zijn die de beide oevers aan de monding van het kanaal met elkaar verbindt. Vlak voor die brug zou het schip afmeren, in de haven van Balboa, een voorstad van Panama City.

Tussen alle passagiers, die niets van de aankomst wilden missen en zich op het dek verdrongen, zag hij Gabriela aarzelend dichterbij komen. Haar haren waren nat. Na de douche had ze andere kleren aangetrokken, iets hogere schoenen en een kort donkerrood jurkje met een batik motief. De veterdunne bandjes lieten haar bovenarmen en haar schouders bloot.

Ze sloeg haar oogleden neer toen ze de laatste stappen deed die haar van hem verwijderden. Alsof het langzamerhand een plichtpleging was waaraan ze zich moeilijk meer kon onttrekken, ging ze naast hem staan en legde haar handen op de reling.

'Dit,' zei ze, met een trage, vermoeide stem, 'had je niet verwacht.'

'Half en half.'

'Mm.'

Weer die in de kiem gesmoorde instemming, weer die glimlach die geen glimlach wilde zijn.

'Waarom denk je dat ik teruggekomen ben?'

'Je hebt me nog niet alles verteld.'

'Wat heb ik verzwegen?'

'De reactie van je familie.'

'Mijn vader was een peronist. Betoverd door de magie van de Heilige Evita. Hij groeide op in Rosario, samen met zijn enige zuster, die aan polio leed. Toen Evita de stad bezocht, zoende ze die wegkwijnende zus van hem, die haar hele leven stijf in een corset verpakt op bed had gelegen, op de wang. Wat de simpele ziel als het mooiste geschenk aanvaardde dat ze ooit ontvangen had. Mijn vader heeft nooit op de communisten gestemd, heeft het, voor zover ik hem ken, zelfs nooit overwogen.'

'Leeft hij nog?'

'Ik mis hem niet. Tijdens mijn hele jeugd heeft hij

hooguit vijftig woorden met me gewisseld. Ik sluit niet uit dat ik sommige woorden dubbel tel. En ik reken alle "ja's" mee.'

'Maar dat wilde je me niet vertellen.'

'Nee.'

'De luitenant die je ondervroeg.'

'Waarom denk je dat?'

'Je noemde hem een mooie man. Vreemd om zo'n man mooi te noemen, na alles wat hij je heeft aangedaan. Ik hoorde er iets van een rechtvaardiging in.'

'Leer je zulke dingen als rechter?'

'Tot op zekere hoogte. Je moet er ook een bepaald talent voor hebben. Of een bepaald instinct.'

'Hoe breed is het hier tussen de oevers?'

'Tachtig meter. Negentig. Honderd. Ik ben slecht in het schatten van afstanden.'

'Ik ook. Eerst dacht ik dat het best mee zou vallen. Van de ene oever naar de andere. Vooruit, even doorzetten. Ik ben je een eind tegemoet gezwommen, Lucas, maar pas tijdens het zwemmen realiseerde ik me hoe groot de afstand was. Als ik mijn mond had gehouden, zou ik een onbekende voor je zijn gebleven, een onbeduidende stip in de verte.'

'Goed, je kreeg contouren, maar zo monsterlijk zijn die niet.'

'Omdat ik je nog niet alles heb verteld.'

'De luitenant.'

'Zelfs Hugo weet het niet.'

'Ik moet de enige zijn die het zal weten.'

'Omdat je de enige bent die me uit een jarenlange verdoving wist te halen.'

Hij sloeg zijn arm om haar middel. Hij trok haar

met zich mee, tussen de passagiers door, de trap af, de gang in. Ze verzette zich, liep met hem mee, en verzette zich opnieuw. Hij hield haar stevig vast, snoerde zijn arm om haar middel, kneep met zijn hand in haar heup als ze weerstand bood.

Hij trok haar mee zijn hut in, hij duwde haar op het bed.

'Liggen.'

Hij schrok van zijn eigen stem.

Ze ging op haar buik liggen, drukte haar hoofd in het kussen.

Hij kroop boven op haar, veegde haar haren weg, bracht zijn mond tot vlak bij haar oor. Hij hoorde haar ademen, met korte stoten.

'Wat ben je van plan? Wat wil je met me?'

'Dit.'

Hij drukte zijn lippen tegen haar nek.

'Dit.'

Hij drukte zijn lippen tegen haar oor.

'Je hebt je vege lijf proberen te redden. Meer niet. Nadat de luitenant je een tand uit je mond had geslagen, moest je nog een keer bij hem komen.'

'Ja.'

'En dacht je dat er nog maar één manier was om jou en je familie vrij te krijgen.'

'Ik was toch niets meer waard.'

'Je verleidde hem en de volgende dag was je vrij. Maar net toen je met bittere voldoening vaststelde dat je voor je zelfopoffering was beloond, stond Hugo je op te wachten.'

Ze draaide zich om, ze drukte haar lichaam tegen hem aan, ze woelde met haar handen door zijn haren.

'Bedankt, Lucas. Je bespaart het me te zeggen.'

'Je sluit het niet uit, je blijft het je afvragen. Victorina kan evengoed...'

'Hou je mond.'

'Nooit meer zal ik er een woord over zeggen. En jij ook niet. Tegen niemand. Waag het niet om er ooit nog iets over te zeggen. Ik begrijp je, ik verontschuldig je, ik pleit je vrij. Dat wilde je toch horen?'

Ze duwde hem weg.

'Begrijpen, begrijpen... Derde leergang. Laatste semester. Voor gevorderden. Ai nee.'

'Ik zie het verband niet.'

'Dat waanzinnige land van mij is het enige land ter wereld waar op de middelbare school psychologie wordt onderwezen. Daarom heeft Borges, jóúw Borges, er ook zo'n hekel aan. Zijn vader was psychologieleraar.'

Hij grinnikte om de felheid waarmee ze het zei.

'Zo ken ik je weer.'

'Zo wil je me graag zien: als iemand die het ontkent. Ik zou het graag verloochenen, tegen beter weten in. Maar het bestaat zoals stront bestaat. Jij hebt er dagelijks mee te maken en ik op mijn manier ook. Hier speelt het zich allemaal af, volledig hier, en nergens anders.'

Met haar vuist bonsde ze tegen haar voorhoofd, ter hoogte van haar slaap.

'Die luitenant is nooit veroordeeld. Na de junta stelde de burgerregering een onderzoekscommissie in. *Nooit meer* heette hun rapport. Nooit meer wat? Kort na het verschijnen van het rapport kondigde de regering een algehele amnestie af. Die luitenant kan ik op iedere straat van Buenos Aires tegen het lijf lopen. Daarom wil ik nooit terug naar mijn land. Daarom kan ik die hele smerige periode niet vergeten.'

'En daarom blijf je jezelf veroordelen.'

'Hoe kan ik het laten?'

'Door toen en nu van elkaar te scheiden. Toen was toen, daar valt niets meer aan te veranderen. Nu lig je op het bed van iemand die je níét veroordeelt. Hem kun je gewoon zoenen.'

'Wil je dat werkelijk?'

'De hele middag al. Ik vreesde dat je me onverschillig zou vinden.'

'Met die blik in je ogen?'

Hij sloeg zijn armen om haar heen. Ze trilde zoals hij een paar dagen eerder had getrild. Haar lippen weken ver uiteen, haar tong drong onmiddellijk zijn mond binnen, maar hij voelde dat haar overgave was verdwenen. Ze klampte zich niet meer aan hem vast.

Het werk was gedaan. De rechter kon de lamp uitknippen en de deur van de werkkamer achter zich dichttrekken. Eén keer had ze het allemaal willen vertellen. Het was alsof ze op hem gewacht had. Na die ene keer zou het zwijgen haar minder zwaar vallen, na die ene keer zou ze pas werkelijk kunnen verdoezelen wat ze voor iedereen verborgen wilde houden.

Ze stond op. Ze stapte in haar schoenen.

'Geef me je hand eens.'

Hij strekte zijn rechterarm uit.

Met haar beide handen pakte ze zijn hand en streelde de palm.

'Je hebt mooie handen, Lucas. Mooie zachte handen. Ik zal je handen altijd blijven voelen.'

Toen wist hij niets meer te zeggen. Hij zat op de rand van het bed, trok zijn hand terug en staarde naar zijn vingers, terwijl zij haar jurk schikte en met kleine, voorzichtige pasjes zijn hut verliet.

22

Met meer kennis vermeerder je smart. Prediker. 'Het oog wordt niet verzadigd met zien en het oor wordt niet vervuld van horen.' Maar een lichaam blijft verlangen.

Lang geleden zagen mensen er anders uit. Volgens Aristophanes hadden ze vier armen, vier benen, twee gezichten en twee geslachtsorganen. Ze waren aan beide kanten vrouw of aan beide kanten man of aan de ene kant man en aan de andere vrouw. Die welhaast perfecte mensen belaagden de goden en Apollo sneed ze vertoornd doormidden. Sindsdien is ieder mens op zoek naar zijn wederhelft, en alleen in de liefde vindt hij die soms terug.

Een hutjongen sloot zijn koffer af en sprak hem vermanend toe. Alle passagiers hadden het schip inmiddels verlaten; wat deed hij hier nog?

Onderaan de loopplank hield de Portugese stuurman hem staande.

'Tevreden over de reis?'

'Het blijft een mooie schuit, stuurman.'

'Een ouwe juf, maar zonder kuren.'

Hij nam zijn koffer van de hutjongen over en liep de kade op.

Het duurde tot na de plensbui die over de stad zwiepte, tot na de taxirit over onafzienbare boulevards die in blubberige rivieren veranderden, tot na de eerste borrel die hij in de bar van het hotel bestelde, voor hij zich realiseerde dat Gabriela zonder een laatste groet en zonder één enkele belofte afscheid van hem had genomen. En het duurde tot het tweede glas, dat hij in zijn hand ronddraaide zonder aan het zout op de rand te likken, voor het pas goed tot hem doordrong dat zijn pogingen om haar duurzaam voor zich te winnen gestrand waren, met de haven in zicht.

Hij dronk een derde margarita, een vierde. Na het vijfde waggelde hij naar de lift.

Toen het schip de kade naderde, had Gabriela hem toevertrouwd dat ze er alles aan had gedaan om zo dicht mogelijk bij hem te komen. Met de deining nog in haar benen had ze het beeld van water gebruikt, ongetwijfeld omdat zwemmen een grotere inspanning vergt dan lopen of rijden. Ze had inderdaad een onafzienbaar eind afgelegd; niemand was hem ooit dichter genaderd. Maar waartoe had het geleid? Hij kleedde zich uit en schoof tussen de lakens: aan het einde van al haar inspanningen lag kamer 207 van het Intercontinental in Panama City, waar hij in het donker van zijn linkerzij op zijn rechter draaide en slechts een onbeslapen kussen voelde als hij zijn arm uitstrekte. De leegte in plaats van haar huid.

Een huid die weliswaar door de hitte was getaand maar nooit plakkerig werd. Alleen van haar borsten had de huid hem dun en zacht geleken. Als hij haar in deze duisternis ergens kon aanraken, dan zou het daar zijn geweest, een plek die hij veronachtzaamd had of waarvoor hij geen gelegenheid had gekregen om hem op de tast te verkennen.

Zijn instinct mocht hem dan feilloos naar het

duisterste uur uit haar bestaan hebben geleid, een ander instinct had hem in de steek gelaten, het instinct dat waarschuwt dat er altijd een volgende dag komt en een volgende nacht en dat er soms zwijgzaamheid is geboden om iemand te behouden met wie je ook de volgende dag en de volgende nacht wilt delen.

Door zijn schijnbaar achteloze vragen en zijn zuigende blik kende hij de bangste momenten uit haar leven, van de begerige ogen die in Misiones door de sleutelgaten gluurden tot de flemende stem van de luitenant, maar na het opstaan zou hij haar stem niet meer horen, laat staan dat hij voor haar neer kon hurken terwijl zij met de knieën gevouwen haar gedachten probeerde te ordenen. Daar verlangde hij minstens even heftig naar als naar vrijen, rustig tegenover haar gaan zitten, de haren uit haar hals vegen en horen hoe attent ze hem vond.

Hij zag weer voor zich hoe ze zijn hut verlaten had: op haar tenen. Als een ballerina die voldaan vaststelt dat alle inspanningen geleverd zijn en het doek voor de laatste maal valt, waarna ze alleen nog de schmink van haar gezicht hoefde te vegen en in een trui en een slobberige joggingbroek hoefde te schieten. Einde van de voorstelling. Buiten wachtte de taxi die haar naar huis zou rijden, waar ze eindelijk haar benen kon strekken en haar handen kon warmen aan een mok kruidenthee.

Hij knipte het licht aan en bladerde in de telefoongids die hij in de lade van het nachtkastje had aangetroffen.

Achter Obrizki, dr. Hugo Armando, stonden twee telefoonnummers, het bovenste van zijn praktijk, het onderste van zijn privé-adres.

Hij toetste het onderste nummer en hoorde na viermaal zoemen Hugo's stem op het antwoordapparaat.

Nog maar een paar uur geleden was hij boven op haar gekropen en had hij 'dit', 'dit' in haar oor geroepen. Nu werd hem beleefd gevraagd een boodschap in te spreken of voor spoedgevallen naar de tandartscentrale te bellen.

Zo dadelijk zou ze ontwaken, zo dadelijk zou ze de kinderen naar school brengen, het huis aan kant brengen, de T-shirts in de wasmachine stoppen, en vanmiddag zou ze haar pupillen opdragen het gestrekte been te buigen, *plié*, *demi-plié*, of hoe het heten mocht, en ze zou het voordoen, met haar soepele lijf, aan de barre, voor de spiegel. Misschien zou ze dan nog even zijn ogen zien, zijn lippen, zijn mond, zijn handen. Als een herinnering die ze niet te lang moest koesteren.

Hij had de pillen meegenomen omdat hij het stampen van de scheepsmotoren vreesde en het slingeren in zijn kooi. Hij slikte er twee.

'Sosa.'

Met die naam op zijn lippen viel hij uiteindelijk in slaap.

'María Laura Sosa.'

Een naam als een ingeving, als een zacht sissen dat een heimelijk plan vergezelt.

Die naam schoot hem weer te binnen toen hij wakker werd.

Hij schoof de gordijnen open.

De zon die door de nevel lekte, gaf de wolkenkrabbers een matte glans. Het tropische zag hij alleen aan de vogels, aan de laag over de oceaan scherende pelikanen en de gieren.

Hier woonde Gabriela dus, in een stad die evengoed in de Verenigde Staten als in Korea had kunnen liggen, in Afrika of Taiwan. Een stad die, als de nieuwbouwwijk in zijn dorp, te snel uit de grond was gestampt om karakter te krijgen; een stad om naamloos in te verdwijnen.

Hij liet het ontbijt op zijn kamer brengen. Twee kannetjes koffie en drie uitgeperste limoenen. Door het citroensap moest hij aan Fifi denken, die limoenen met een wasmiddel vergeleek: de allesreiniger van je binnenste.

Na het koude bad waarmee hij zijn hoofdpijn probeerde te verdrijven, hees hij zich in zijn pak. Het was alsof hij het in geen maanden had gedragen. Voor de spiegel vroeg hij zich af of Gabriela hem ooit een blik waardig had gekeurd wanneer hij in dit kostuum bij haar aan tafel was geschoven. Alles werd weer grijs aan hem door dat pak.

Zijn kater duidde op een kwaal die hij allang overwonnen dacht te hebben. Op een avond, toen hij de deur van zijn slaapkamer niet meer kon vinden, had hij twee dingen besloten: nooit meer de heerlijke suikergeur op te snuiven die boven de rumfles hing en het laatste portret dat hij van Merel bewaarde tot onlijmbare snippers te verscheuren. Tot zulke draconische maatregelen zou hij niet meer hoeven over te gaan – als hij thuiskwam zou Haime zelfs de madera die Fifi in de keuken gebruikte soldaat hebben gemaakt, en van Gabriela bezat hij niet eens een pasfoto.

Na een onafzienbare rij flats die hij door het geopende raam van de taxi voorbij zag flitsen, rook hij de binnenstad. De geur van vis paste goed bij het limoensap dat nog op zijn tong prikte, maar het was wel de geur van rotte vis.

Het gebouw was van buiten even grauw als vier jaar geleden en ook van binnen waren de gangen nog even vaal. De portier ging hem voor, en bij iedere trap vroeg hij weer of mijnheer inderdaad een afspraak had: zijn naam kwam niet op de lijst met bezoekers voor.

Op de bovenste verdieping werd hij door een agent in uniform gefouilleerd en moest hij zijn paspoort afgeven.

In het kantoor hing de lucht van sigaren en van asbakken die niet afgespoeld waren nadat ze in de prullenbak waren geleegd.

Het duurde zeker een halfuur voor dottora María Laura Sosa verscheen.

Toen ze tegenover hem ging zitten, een dame van even in de veertig in een stemmig donkerblauw complet, herkende ze hem niet direct.

'Een jaar of vier geleden zat ik in deze zelfde kamer, samen met de hoofdofficier van justitie van Curaçao, mr. Boskaljon. U heeft ons toen buitengewoon efficiënt geholpen bij het oplossen van een omvangrijke witwasaffaire.'

'O ja, nu weet ik het weer. Achttien miljoen dollar. Prachtige vangst, ik ben er later nog vaak mee gecomplimenteerd. Hoe was uw naam ook alweer?'

'Saverijn. Lucas Saverijn. Rechter-commissaris.'

'Ach ja, natuurlijk. Ik slaagde er niet in uw naam behoorlijk uit te spreken. Toen grapte u dat alle dialecten verboden moesten worden.'

'Kort tevoren had een Amerikaanse officier van justitie me gevraagd welk dialect ze in Nederland spraken. Daar hield ik een paar lange tenen aan over.'

'Ik begreep heel goed wat u bedoelde.'

'Binnenkort zullen we uw hulp weer moeten inroepen bij een andere witwasaffaire. Maar daarvoor ben ik hier niet. Het gaat om iets persoonlijks.'

Ze trok haar rechter wenkbrauw op.

'Ik weet,' hij kuchtte even, 'hoe voorzichtig we daarmee moeten zijn. Dossiers zijn geheim, en dat moeten ze vooral blijven. Toch zou ik u willen vragen of er in uw archieven ene Obrizki voorkomt.'

'Panamees?'

'Argentijn.'

Mevrouw Sosa schudde niet alleen het hoofd maar ook de schouders en zwaaide heen en weer op haar stoel.

'Wat wilt u met die gegevens doen?'

'Niets. Absoluut niets. Een bepaald vermoeden dat ik bevestigd wil zien. Ik weet niet hoe het met u is maar ik kan moeilijk met halve waarheden leven.'

'Zo gedeformeerd raken we allemaal. Hoewel we beter zouden moeten weten. Hoe heel is de waarheid?'

'Meer dan de helft in ieder geval.'

'Het gaat om een persoonlijke kwestie, zei u?'

'Ja.'

'Een Argentijn?'

'Inderdaad.'

'Die naam zegt me wel iets. Zoals u weet ben ik sterk voor internationale samenwerking, destijds hebben we gezamenlijk uitstekende resultaten geboekt, en gezien de ontwikkelingen in het Caraïbisch gebied en Midden-Amerika zullen we elkaar nog wel vaker nodig hebben. Het hangt ervan af wat ik in het archief aantref.'

Ze stak een sigaartje op, aarzelde. Na een paar trekjes knikte ze ten slotte.

'Laten we morgen afspreken, maar liever buiten deze muren.'

'Morgen is het zaterdag.'

'Maakt mij niet veel uit. Op voorwaarde dat u prettig gezelschap bent.'

'U heeft ervaring met rechters.'

'Als ik daarop af ga, kan ik beter thuisblijven.'

'Buiten hun arrondissement zijn ze minder saai.'

'Dan trekken ze antecedenten na om iedere twijfel weg te nemen. Ik verlang de hoogste discretie. De informatie die ik u eventueel toespeel blijft strikt vertrouwelijk.'

'Daar kunt u op rekenen.'

'Halfnegen. Op het terras van La Coupole, aan de Plaza de Francia. Iedere taxichauffeur weet het te vinden. Er zijn daar veel restaurants in de buurt, dan eten we wat.'

'Italiaans. Als u me toestaat te trakteren.'

'Daar hebben we in deze streken weinig op tegen.'

'Ik ben u zeer erkentelijk.'

'Dat mag u me eerlijk gezegd ook wel zijn.'

Waarna ze een asdeeltje van haar complet klopte.

Hij liep naar buiten alsof hij het moeilijkste vooronderzoek uit zijn loopbaan had afgesloten, terwijl hij nog niet het flauwste vermoeden had wat mevrouw Sosa eventueel zou kunnen achterhalen.

Misschien had hij alleen maar iets willen doen. Niet zitten suffen in een hotelkamer, niet maar wat rondhangen in een bar. Verder vragen, ook al stelde hij Gabriela die vragen niet meer.

23

De Plaza de Francia bleek niet ver van zijn hotel te liggen, op een landtong, dicht bij zee. Hij was er te vroeg. Om tien over acht zat hij al op het terras, terwijl mevrouw Sosa wel zuidelijk genoeg zou zijn om een stief kwartiertje op zich te laten wachten.

Een terras in het vroeg-twintigste-eeuwse gedeelte van de stad, tegenover de gebeeldhouwde koppen van de Franse protagonisten uit het Panama-debacle en een gedenknaald, die de mislukking memoreerde. Een mismoedige graaf De Lesseps staarde hem aan.

Hij kocht een krant bij een joch dat de avondbladen ventte, hij bestelde een espresso. De hele middag had hij door de stad gereden, achter in een taxi, met een plattegrond van Panama City op zijn schoot en een lijst adressen in zijn hand, adressen van dans- en balletscholen die hij op de roze pagina's van de telefoongids had gevonden. De enige plek waar hij haar nog onder vier ogen zou kunnen spreken, zou haar studio zijn, na afloop van de lessen. Met de ijver van een stalker was hij op weg gegaan, maar het was vergeefse moeite geweest; op zaterdagmiddag danste Panama City niet, niet in balletscholen althans, die alle gesloten bleven. En nu bladerde hij in een krant om niet even mistroostig te kijken als de gebeeldhouwde kop van Ferdinand de Lesseps schuin tegenover hem.

Het nieuws was te plaatselijk om hem lang te kunnen boeien. Hij volgde al gauw de passanten, die hij allemaal even lelijk vond, even opzichtig, even vulgair. Op het schip was het andersom geweest, op het schip was hij de passagiers steeds mooier gaan vinden, steeds innemender, ontwapenender, spontaner, alsof ze allemaal betoverd waren geraakt door de verwachtingsvolle blikken waarmee hij de dekken afzocht.

Het plein was slechts aan drie zijden bebouwd. De zuidzijde bood uitzicht op zee. De seinende lichten aan de horizon moesten de boeien zijn die de uitgang van het kanaal markeerden.

Hij telde de flitsen: drie keer kort, één keer lang. En zag de Obrizki's pas toen ze het terras al genaderd waren.

Alles wat in zijn ledematen bewegen kon, verstijfde.

Hugo en Gabriela liepen voorop, gevolgd door de drie meisjes.

Ze liepen op nog geen vier meter van hem vandaan.

Gabriela had de hand losjes op de arm van Hugo gelegd. Haar kapsel verraadde de toewijding van een kapper die zelfs het kleinste krulletje uit de strakke dos had geföhnd. Een fluwelen strik bond de haren in haar nek samen. Ze droeg een avondtoilet, een lange zwarte jurk met een split, die fraai bij het witte lichtgewichtkostuum van Hugo paste. De kinderen zagen er even opgedoft uit; met zijn vijven moesten ze op weg zijn naar een restaurant in de buurt, of naar het verderop gelegen theater.

Gabriela's rug kromde zich niet toen ze hem zag.

Haar pas stokte evenmin. Hugo, die hem opgemerkt moest hebben, hield haar vanuit zijn ooghoeken in de gaten; zij keek hem een fractie van een seconde recht in de ogen.

En liep rustig door.

Dit is, dacht hij, waarom moorden gepleegd worden. De honderden motieven die hij tijdens de vooronderzoeken had gehoord, zonken in het niets bij de duistere woede die hij in zijn slapen voelde kloppen. Eerst Hugo aan het mes, en dan ook zonder enige schroom Gabriela. Zij verdiende het misschien nog wel meer dan hij, omdat ze het onaandoenlijke van hem had overgenomen.

Kon een vrouw trotser lopen? Niet een vrouw uit zijn land tenminste, niet een vrouw die in de polders was opgegroeid en de rug op de fiets had gekromd om minder wind te vangen. Zo'n vrouw zou nog 'hoi' mompelen, en dat mocht dan weinig elegant klinken, het was duizendmaal fijnzinniger dan de kaken stijf op elkaar houden en de kin in de lucht steken en zonder enig blijk van herkenning de man voorbij lopen van wie ze de intiemste geur kende omdat ze hem twee etmalen geleden nog in de armen had gesloten.

Zo waren ze dus, de vrouwen van hier.

Hij slikte.

Een avondjurk met een split die de verzoening moest inleiden of de algehele capitulatie of de hernieuwde toenadering. Als ze een onopvallende rok en een slonzig bloesje had gedragen, zou de omslag minder flagrant zijn geweest. Door die avondjurk was ze een andere persoon geworden, en die houding nam ze ook aan – alsof ze herboren was en nooit meer de turbulente maar door en door oprechte Gabriela wilde zijn die ze voor hem was geweest.

Haar trots, of haar misprijzen, werd nog geaccentueerd door het verschil in hoogte. Zij liep, hij zat. Niet alleen voor zijn gevoel, ook door de richting van haar blik keek ze op hem neer. En dat, vond hij, was een straf die hij niet verdiende.

Waarom sprong hij niet op? Waarom greep hij haar niet bij de elleboog? Waarom dwong hij haar niet om hem langer dan een seconde recht in de ogen te kijken, ogen die ze zo uitzonderlijk helder had gevonden, tot op het doorzichtige af? Het zou wel uit lafheid zijn. Of uit verslagenheid. Te versuft om nog een scène te maken. Te dizzy. De klap was al uitgedeeld; venijniger had ze hem niet kunnen treffen. Alle vertrouwelijkheid die tussen hen was ontstaan, bracht ze ermee om zeep. Hij zat daar nog wel, vastgenageld aan zijn stoel, maar voor haar bestond hij niet meer, en voor Hugo was hij in de figurantenrol teruggeduwd die hij verdiende, zo'n typetje dat even opkomt, paniek zaait, huiver wekt, maar al gauw moet plaatsmaken voor de echte hoofdrolspelers.

Ze waren hem nu gepasseerd, ze liepen al een paar meter verderop en maakten aanstalten de weg over te steken. Het keurige gezinnetje, weer verenigd, en ditmaal voor eeuwig.

Toen draaide Victorina zich om.

Ook zij had hem gezien, ook zij had geweigerd hem te groeten, alsof hij de nog maar pas herwonnen harmonie tussen haar vader en haar moeder weer in gevaar kon brengen. Maar nu stak ze aarzelend haar hand op, en met een arm die zo zwaar was dat hij hem nauwelijks de lucht in kreeg, zwaaide hij terug.

Twaalf, dertien, veertien; op die leeftijden deug je. Later niet meer, ook al kun je hartverscheurende excuses aanvoeren waarom je helaas niet meer zo rechtdoorzee kunt zijn als je eigenlijk zou willen. Later ebt alle eerlijkheid weg, langzaam maar onvermijdelijk, ook al keert er later soms, gedragen door een golf van heimwee, een schraal restje van terug.

'U ziet lijkbleek.'

Señora Sosa ging tegenover hem zitten.

Ze had weliswaar andere kleren aan maar ook in die andere kleren gaf ze weinig van zichzelf blijk. Neutrale kleuren, neutrale snit.

Ze wenkte naar een ober.

'Water. En snel.'

Pas in het restaurant voelde hij het bloed weer naar zijn gezicht stijgen.

'Kunt u slecht tegen de hitte?'

'Ik kan slecht tegen de liefde.'

'O,' lachte ze opgelucht, 'dan zullen we elkaar beter begrijpen.'

'Rechters trouwen, ze worden niet verliefd.'

'En als ze verliefd worden, is er altijd wel weer iemand die hen eraan herinnert dat ze rechter zijn.'

Meer vertrouwelijkheden wilde hij haar niet ontlokken; het neutrale van haar kleren beviel hem even goed als het neutrale van haar gezicht.

'Obrizki.'

Hij zei het zoals hij in de rechtszaal een raadsman

onderbrak, met een hamerslag en het verzoek of de weledelgestrenge zich tot de feiten wilde beperken, want hij besefte weer wie tegenover hem zat: dottora María Laura Sosa, hoofd van de afdeling Internationale Zaken van het Panamese openbaar ministerie.

'Uw Obrizki komt in onze dossiers niet voor. Niet in de strafdossiers althans. Wel in de aanvragen voor een verblijfsvergunning.'

'Hugo Obrizki.'

'Armando Fernández.'

Mevrouw Sosa sloeg de menukaart open.

'Venetiaanse kalfslever. Heerlijk...'

De nagel van haar wijsvinger schoof verder langs de gerechten.

'U moet zelf maar eens een kijkje gaan nemen in Fort Espinar. Ligt vlak bij Cristóbal-Colón.'

Kranen, loodsen, flats, onder een grijze lucht.

'Tot 1984 was daar de School of the Americas gevestigd, de Amerikaanse militaire academie. Tegenwoordig is de toegang vrij, tien jaar geleden had u er geen stap mogen zetten. Een gebouw in koloniale stijl, aan de rand van het oerwoud. Daar werden vrijwel alle officieren opgeleid die Latijns-Amerika berucht hebben gemaakt met hun opstanden, coups, junta's, dictaturen, en met hun verfijnde verhoortechnieken. Hoe te folteren, hoe te martelen en hoe te verkrachten werd op de School of the Americas door Amerikaanse GI's onderwezen die wisten waarover ze het hadden, sinds ze in Korea en Vietnam ervaring hadden opgedaan. In de Hall of Fame zult u de portretten van Roberto D'Aubuisson en Hugo Banzer zien hangen, respectievelijk de leider van de doodseskaders in El Salvador en de leider van de militaire dictatuur in Bolivia, van Raoul Cedras, de Haïtiaanse coupleider, en van Manuel Provis Carrasco, de kolonel die na de moord op Allende het grootste concentratiekamp van Chili inrichtte, van Leopoldo Galtieri, de Argentijnse juntaleider die zijn land in de Falklandoorlog stortte, en van Jorge Videla, de Argentijnse massamoordenaar. Al deze heren denken met genoegen terug aan hun tijd in Panama, waar ze de kneepjes van het onderdrukken leerden.'

'Galtieri, Videla, Obrizki.'

'Armando Fernández Obrizki. Bracht het tot kolonel. Zijn grootvader vocht met de Wit-Russen tegen de bolsjewieken, zijn vader vocht in Paraguay tegen de guerrilla's en hijzelf steunde de Argentijnse junta. Tot hij na een lastercampagne opzij werd geschoven. Hij hield de eer aan zichzelf. Vlak voordat hij op verdenking van hoogverraad gearresteerd werd, schoot hij zich door het hoofd.'

Een lastercampagne. Omdat zijn zoon een meisje had vrij gekregen dat zich op de communistische sympathieën van haar vader had laten voorstaan?

Ook in onfatsoenlijk bestaan nog allerlei gradaties. Voor het blok gezet, door de grootspraak van een puber. Hoogverraad. Toe maar, meteen de zwaarste verdenking. Dumpen die vent; de overste wist wat hem te wachten stond. Pistool tegen de slaap, om de eer aan zichzelf te houden. Latijnse hanigheid, vermengd met Slavische pathetiek. Woonden Hugo en Gabriela toen al in Panama? Het deed er weinig toe, ook op zevenduizend kilometer afstand hadden ze de echo van het schot gehoord.

Na het kind van Clementina de vader van Hugo. Begrijpelijk dat Gabriela Hugo nooit had verteld wat er precies was voorgevallen in de kazerne; het zou de dood van zijn vader nog vele malen absurder hebben gemaakt. Begrijpelijk ook dat Hugo al heel lang uit Panama had weggewild en zich afvroeg waarom hij er ooit heen was gegaan. Het land waar zijn vader het onderdrukken had geleerd... Of had hij er juist alle medewerking van de autoriteiten gekregen? De zoon van Obrizki die nog op de School of the Americas had gezeten!

Lucas schudde langzaam het hoofd. Het was niet groots en misschien zelfs wel een beetje suf, maar hij wilde langs een stille gracht slenteren en de beschutting van eeuwenoude huizen zoeken waarvan de vensters een zacht gelig licht verspreiden. Het carillon van een kerk horen klingelen, het wijsje meeneuriën...

'Heb ik u voldoende geïnformeerd?'

'Laten we wijn bestellen. En geen Mendoza of zo. Een goeie fles. Italiaanse. Of beter nog, Franse.'

Mevrouw Sosa veerde op, speelde schrik.

'U zegt het alsof u nooit meer een druppel van dit continent wilt proeven.'

'Om verdere bitterheid te vermijden.'

'Gaat het zo ver?'

Ze boog zich voorover, kneep de ogen half dicht.

'Met een beaujolais breng ik u misschien op lichtzinniger gedachten. Staart u zich niet blind op één kant. Na het ene uiterste zoeken wij altijd weer het andere op. Van gesloten kunnen wij plotseling open worden, van haatdragend mild, van bot delicaat, van gewelddadig irenisch. Vergeet de kolonels en de majoors en de Obrizki's.'

Als dat zou kunnen, dacht hij... Als dat zou kunnen, hield hij het misschien nog even vol, in dit werelddeel.

24

De volgende middag liet hij zich in een taxi naar de luchthaven rijden, halverwege de avond strekte hij zich over drie stoelen uit in het vliegtuig naar Miami, en op maandagmiddag loste hij een kruiswoordpuzzel op, hoog boven de Caraïbische Zee.

Op dinsdagmorgen zat hij tegenover de president van het hof, die nog een week wilde vastknopen aan zijn ziekteverlof, welk aanbod hij gedecideerd afsloeg; op dinsdagmiddag onderhield hij zich langdurig met de hoofdofficier van justitie. Boskaljon informeerde of hij mevrouw Sosa had ontmoet, zei 'mooi zo' toen hij dat bevestigde, en liet zijn reis verder onbesproken.

'Aan de slag, Saverijn.'

Een nieuwe zittingsperiode brak aan. Hij rondde onderzoeken af, bereidde uitspraken voor. In de rechtszaal reageerde hij kribbig op verzoeken om spoedprocedures, wees advocaten terecht en staarde nors naar zijn handen wanneer ze om begrip vroegen voor het urgente karakter van hun zaak. Thuis trok hij zich iedere avond in zijn werkkamer terug, noteerde de doorslaggevende overwegingen voor een uitspraak, vatte de jurisprudentie samen, overwoog of er in eerdere uitspraken voldoende belang aan de grondwettelijke uitgangspunten was gehecht, verbeterde paragrafen, schrapte al te gedetailleerde uitwijdingen, bracht een logische volgorde in zijn argumenten aan en controleerde met de stukken erbij of hij geen enkel feit over het hoofd had gezien. Nauwkeuriger was hij nooit te werk gegaan, alsof hij de zuivere rede wilde terugvinden na een periode waarin hij zich door toevallige indrukken en onberekenbare sentimenten had laten leiden.

Fifi bracht hem de maaltijd wanneer ze het televisie-journaal tot en met de samenvatting van de hoofdpunten had uitgekeken, schoof het dienblad op zijn bureau, schonk water uit de karaf, maar het werk nam hem zozeer in beslag dat hij slechts af en toe van het eten proefde. Het enige wat hem afleidde waren de muskieten die telkens weer zijn enkels opzochten en hem dwars door de sokken heen staken. Alleen wanneer hij de airco aanzette, zochten de muggen de luwte van zijn boekenkast op, maar dan leidde het gezoem van het apparaat hem weer af. Hij wenste stilte, of trage muziek, de cellosuites van Bach bijvoorbeeld, of de derde symfonie van Górecki, hoewel die naam hem te veel aan een andere naam deed denken.

Ook de zaterdagmiddagen bracht hij in zijn werkkamer door, om te voorkomen dat hij de Southern Cross voorbij zou zien varen. Eens in de veertien dagen... maar hij vergat telkens of het schip de vorige week Kaap Malmeeuw was gepasseerd of de week daarvoor... dus meed hij voortaan iedere zaterdagmiddag het terras, zoals een revaliderende patiënt het daglicht schuwt. Op zondag zag hij andere schepen, die hem al evenzeer aan de Southern Cross herinnerden, waardoor hij ook op zondag de zee de rug toekeerde.

Southern Cross.

Louter en alleen vanwege die naam had Gabriela zich tot de bootreis laten verleiden. Ze had het een keer aan tafel gezegd: iedere avond zocht ze in de hemel weer het zuiderkruis op, omdat de onderste ster haar feilloos aangaf waar ze haar geboorteland kon vinden... dáár, pal in het zuiden.

Als hij een verhoor in het Papiaments afnam, zocht hij naar de oervorm van de Spaanse woorden; als hij een verhoor in het Spaans afnam, lette hij op de verschillen in uitspraak – zíj zou de z scherper hebben laten sissen, zíj zou de v half hebben ingeslikt. Soms hoorde hij in de gang van het hof van justitie een voetstap die hij meende te herkennen en dan moest hij zijn kamer uitlopen om zich ervan te vergewissen dat hij slechts de vage echo had opgevangen van een dribbelpas die langzaam wegstierf, in het trapportaal van een schip. Als er laat op de avond gebeld werd, durfde hij de hoorn niet op te nemen, want zijn eerste reactie was dat Gabriela haar stilzwijgen eindelijk ging verbreken en zijn tweede dat hij moeilijk over de teleurstelling heen zou komen als het niet zo bleek te zijn. Dus liet hij de telefoon rinkelen, las een verhaal van Horacio Quiroga en liet zich meevoeren naar verlaten oorden waar iedere sterveling een balling was. Na het werk reed hij soms met een makelaar langs de houten huizen op het eiland die te koop stonden, een enkele keer liet hij zich in de vertrekken rondleiden en telde hij het aantal slaapkamers. Maar wat hem het sterkst aan de reis deed denken, was de zee, die hij 's avonds ook door de gesloten ramen hoorde ruisen en die hij zelfs diep in zijn slaap tegen de rotsen hoorde bonken.

Hij ergerde zich steeds vaker, en aan steeds meer dingen. Aan de hitte, aan de ongewoon langdurige regenperiode, aan de lekkages in zijn slaapkamer, aan de akelige troepialen die hem veel te vroeg wekten met hun opgewekte gezang, aan de traagheid van de secretaresses, aan de slordigheid van de griffier, aan de luidruchtigheid tijdens de jaarwisseling die tot een oorverdovende dreun aanzwol tijdens de weken voor het carnaval, aan de vergulde kranen in de huizen van de rijken en het afsluiten van de waterleiding in de krotten van de armen, aan de uren zonder stroom, aan het eeuwige geroddel, aan de recepties waar hij altijd weer moest uitleggen dat de toename van de criminaliteit iedereen aan te rekenen viel, en niet rechters in het bijzonder. Zelfs Fifi begon hem te irriteren, met haar eindeloze jeremiades, terwijl hij haar toch ruimschoots van middelen voorzag om zorgeloos te leven. Alleen Haime bleef hij waarderen, omdat hij geen enkele moeite deed zijn ergernis weg te nemen en hem eerder aanmoedigde dan tegensprak wanneer hij de berichten in het ochtendblad becommentarieerde en op het eiland afgaf zoals al degenen die er niet geboren waren.

Het volgende voorjaar stelde hij zich kandidaat voor de strafkamer van het gerechtshof in Amsterdam. Toen hij het bericht van zijn benoeming ontving, was de verhuizer al bezig de kisten dicht te spijkeren. Ook zonder benoeming zou hij vertrokken zijn.

Fifi verbaasde zich niet over zijn besluit. 'Je keek niet meer naar de zee,' was haar enige reactie, toen hij haar op de hoogte stelde. Haime doorzag de diepere oorzaak van zijn weinig beredeneerde vertrek. 'Je blijft hier per slot van rekening een blanke, en daar ergerde je vader zich al aan.' Hij liet het huisje waarin ze woonden op hun naam zetten; voor een pensioen had hij al eerder gezorgd, om hen niet onbezoldigd achter te laten wanneer hij door de vergeldingsactie van de een of andere drugsbende vroegtijdig het loodje zou leggen.

Op de avond voor zijn vertrek liet hij het eten voor de laatste maal op het terras serveren. De nacht was helder, de zee lichtte wit op onder de maan. Hij zag wat hij telkens had gezien wanneer hij nog even een blik op de zee wierp: de vage kustlijn langs de Pestbaai, de Vaersenbaai en de Bullenbaai, de lichtjes van de schepen die op de rede lagen te wachten, en dan, onvermijdelijk, haar armen, haar smalle gezicht, de littekens pal boven haar wenkbrauw, haar hals en haar lange benen die zich om zijn heupen snoerden.

Hij schonk nog een glas wijn in. Dit was jarenlang zijn eiland geweest, zijn kaap, zijn plek, tot zij hem het vertrouwde karakter ervan had ontnomen, door zijn weerzin voor dit hele continent te wekken. Nooit meer zou hij hier terugkomen, maar altijd zou hij naar dit terras blijven verlangen, naar deze rots en deze zee, waarvan de spiegel vaker beroerd werd door een stel dolfijnen of nog hoger uit het water springende tonijnen dan door de wervelingen van de wind. Een zee waarvan het turquoise groen op een zanderige bodem duidde en het harde blauw op vulkanisch gesteente en welvend koraal in een onmetelijke diepte.

Zonder erbij na te denken stond hij op en liep

naar de telefoon in de woonkamer. Hij had al een paar maal eerder naar Panama gebeld, op een morgen toen het werk niet wilde vlotten, en hij weer naar Hugo's stem op het antwoordapparaat had geluisterd, en op een middag toen hij de zwaarste straf had uitgesproken en het zweet op de bef van zijn toga was gedrupt. Die tweede keer had Victorina opgenomen, waarna hij onmiddellijk de hoorn had neergelegd.

Om het gebonk van zijn hart te negeren, telde hij de keren dat de telefoon overging. Vijf-, zes-, zevenmaal. Net voor hij wilde neerleggen, hoorde hij een toonloos 'hallo'.

Hij wist niet wat hij zeggen moest. Maanden en maanden waren voorbijgegaan, waar moest hij nu plotseling weer beginnen? Hij had er werkelijk in geloofd: dat je je de finesses van een ander werelddeel als het idioom van een vreemde taal kunt eigen maken, dat je uiteindelijk zelfs je accent kunt verdoezelen en voor een autochtoon kunt doorgaan, ondanks je blonde haren. En daar stond hij nu, woordloos aan de telefoon, onmachtig de afstand te overbruggen. Maar hij kon ook niet besluiten de hoorn neer te leggen; zij was het, zij was het onmiskenbaar, hij hoorde haar nogmaals 'hallo' zeggen, hij hoorde haar ademhalen, met korte stootjes, door haar neus.

'Ben jij het?' vroeg ze ten slotte.

Ze klonk ver weg, veel te ver; haar stem verwoei boven de onmetelijke zee.

Maar net voor hij de hoorn neerlegde, hoorde hij: 'Mmm.'

Alsof hij haar arm weer streelde.